LUANA VON LINSINGEN
E
ROSANA RIOS
Ilustrações
GIZÉ

O BTÃO GRENÁ

Selecionado para o PNLD/SP 2002

4ª edição
5ª tiragem
2013
Conforme a nova ortografia

Editora Saraiva

Rua Henrique Schaumann, 270
CEP 05413-909 – Pinheiros – São Paulo-SP
Tel.: PABX (0**11) 3613-3000
Fax: (0**11) 3611-3308
Televendas: (0**11) 3613-3344
Fax Vendas: (0**11) 3611-3268
Atendimento ao Professor: 0800-0117875
Endereço Internet: www.editorasaraiva.com.br
E-mail: atendprof.didatico@editorasaraiva.com.br

Revendedores Autorizados

Aracaju: (0**79) 3211-8266/6981
Bauru: (0**14) 3234-5643
Belém: (0**91) 3222-9034/3224-9038
Belo Horizonte: (0**31) 3429-8300
Brasília: (0**61) 3344-2920/2951
Campinas: (0**19) 3243-8004/8259
Campo Grande: (0**67) 3382-3682
Cuiabá: (0**65) 3632-8898/8897
Curitiba: (0**41) 3332-4894
Florianópolis: (0**48) 3244-2748/3248-6796
Fortaleza: (0**85) 3307-2350
Goiânia: (0**62) 3225-2882/3212-2806
Imperatriz: (0**99) 3072-0409
João Pessoa: (0**83) 3241-7085
Londrina: (0**43) 3322-1777
Macapá: (0**96) 3223-0706
Maceió: (0**82) 3221-0825
Manaus: (0**92) 3633-4227
Natal: (0**84) 3211-0790
Porto Alegre: (0**51) 3371-4001/1467/1567
Porto Velho: (0**69) 3211-5252/5254
Recife: (0**81) 3421-4246
Ribeirão Preto: (0**16) 3610-5843
Rio Branco: (0**68) 3223-8945
Rio de Janeiro: (0**21) 2577-9494
Salvador: (0**71) 3381-5854/5895
Santarém: (0**93) 3523-6016
São José do Rio Preto: (0**17) 3227-3819/0982
São José dos Campos: (0**12) 3921-0732
São Luís: (0**98) 3243-0353
São Paulo: (0**11) 3616-3666
Serra: (0**27) 3204-7474

Copyright © Rosana Rios, 2000

Editor: ROGÉRIO GASTALDO
Assistentes editoriais: ELAINE CRISTINA DEL NERO
NAIR HITOMI KAYO
Secretária editorial: ROSILAINE REIS DA SILVA
Suplemento de trabalho: MÁRCIA GARCIA
Revisão: PEDRO CUNHA JR. E LILIAN SEMENICHIN
(coords.)/ALINE ARAÚJO
Gerência de arte: NAIR DE MEDEIROS BARBOSA
Supervisão de arte: VAGNER CASTRO DOS SANTOS
Assistente de arte: MAURO MOREIRA
Projeto gráfico e diagramação: HAMILTON OLIVIERI JR.
Finalização: HUMBERTO LUIZ DE ASSUNÇÃO FRANCO

Dados Internacionais de Catalogação na Publicação (CIP)
(Câmara Brasileira do Livro, SP, Brasil)

Linsingen, Luana von
   O botão grená / Luana von Linsingen, Rosana Rios ;
ilustrações Gizé. — São Paulo : Saraiva, 2000. — (Jabuti)

   ISBN 978-85-02-03070-1
   ISBN 978-85-02-03069-5 (professor)

   1. Literatura infantojuvenil I. Rios, Rosana. II. Gizé III. Título.
IV Série.

99-5082   CDD-028.5

Índices para catálogo sistemático:
1. Literatura infantojuvenil 028.5
2. Literatura juvenil 028.5

Todos os direitos reservados à Editora Saraiva

Impressão e Acabamento: Gráfica Ave Maria

Sumário

Prólogo		6
Capítulo 1	Casa feia para velho rico	9
Capítulo 2	No Rio Vermelho, entre a praia e a reserva	13
Capítulo 3	Uma casa para alugar em Santo Antônio	19
Capítulo 4	Sonhos de vivos e mortos	26
Capítulo 5	Um almoço a sete	31
Capítulo 6	O diário de Maya	37
Capítulo 7	Planos na calada da noite	43
Capítulo 8	A menina da fotografia	48
Capítulo 9	Suspeitas e subterfúgios	57
Capítulo 10	Um estranho mal-encarado usando óculos escuros, blusão de couro e boné "I love New York"	61
Capítulo 11	Um empregado falador e uma empregada silenciosa	66
Capítulo 12	Flagra em Sambaqui	74
Capítulo 13	Um passeio fascinante e uma briga por desfazer	80
Capítulo 14	Mentiras, boatos e desconfianças	89
Capítulo 15	À procura de dois adolescentes aventureiros	97
Capítulo 16	Planos, angústias e preocupações	106
Capítulo 17	Fuga ao pôr do sol	114
Capítulo 18	Entre mar e pedras	120
Capítulo 19	Surpresas e revelações	126
Capítulo 20	Uma lua cheia no céu	132
Epílogo		136
Glossário de palavras e expressões ilhoas		141

Prólogo

Maya suspirou e fechou os olhos. Aspirou a brisa marinha. Descanso, afinal... Estava sentada numa pedra, na praia de Sambaqui, em Florianópolis. Parecia impossível que estivesse tão longe de casa. Parecia impossível que tivesse vindo, afinal, encontrar os pais e as irmãs. Parecia impossível que tivesse passado de ano, após duas semanas de recuperação.

Ficara em São Paulo sozinha com a avó, enquanto o resto da família descera para Santa Catarina num *trailer*. Enquanto os felizardos passavam dias fantásticos num *camping* no Rio Vermelho, ela repassava toda a matéria de Matemática. Enquanto as irmãs se encarregavam de paquerar todos os "gatos" da ilha, ela estudava análise sintática.

Finalmente, após duas provas finais, fora aprovada e colocada pela avó num ônibus que, depois de dez horas de viagem, a despejara na rodoviária da cidade. Lá o pai a esperava. E agora ela podia também aproveitar as dezenas de praias da ilha. Sozinha, porém.

Parecia que todas as boas companhias do *camping* já estavam sob o domínio de suas extrovertidas irmãs. A ela restava engolir os comentários sobre sua capacidade de ficar em duas matérias, sua timidez, sua brancura de pele... e procurar as sombras das praias, enquanto as irmãs torravam ao sol entre os surfistas.

Maya abriu os olhos, tentando esquecer os problemas, e passou em revista a paisagem.

Sambaqui era um lugarzinho simpático, com casas em estilo lusitano — resultado da colonização açoriana da ilha

— misturadas a outras mais modernas. A areia amarelada da praia era grossa, gostosa de se deixar escorregar no meio dos dedos. A faixa um tanto estreita de areia terminava num mar de águas calmas e barrentas, que Maya olhou suspeitosa: vira os canos que acintosamente despejavam esgotos a céu aberto no mar, como estava acontecendo a tantas outras praias de Florianópolis.

As pessoas que moravam ali eram, em sua maioria, gente simples, de olhar desconfiado e atento, mas amáveis e dispostas a dar qualquer tipo de informação. Com essa amabilidade contrastava a frieza dos turistas que passavam por ali em seus carros de última geração, procurando pelos *points* da moda.

"Sambaqui não é mesmo um dos *points* da moda", pensou Maya com um sorriso, ao ver suas duas irmãs tomando sorvete a certa distância, amuadas pela falta de surfistas. "Pelo menos não às nove da manhã." Certamente Carmen e Toni prefeririam estar em Canasvieiras ou na Joaquina, praias mais frequentadas pelos jovens.

Mas ela, não. Preferia o sossego. E aquela região, escolhida pelo pai para o passeio do dia, parecia ter histórias antigas para contar... histórias do tempo dos colonizadores, dos índios, das bruxas. Bruxas... Seriam verdadeiros os contos sobre as *bruxas* da ilha?

Maya afastou quaisquer pensamentos tenebrosos, que não combinavam com uma manhã de verão, voltou os olhos para a areia e começou a procurar conchas e pedras para a coleção que fazia.

Foi então que viu um objeto. Alguma coisa cor-de-rosa forte, essa cor que alguns chamam de grená, sobressaía-se em meio à areia junto às pedras. Maya podia ser tímida, calada, quieta. Mas era curiosa acima de tudo: caminhou até lá e pegou o objeto.

Era um botão de cor grená, e parecia ter sido jogado ali pelas ondas. Há quanto tempo estaria na praia? Trazia ainda preso por trás um tufo de linhas. Dava a impressão de ter sido arrancado com força de uma camiseta ou vestido. Gravadas em relevo no plástico do botão, oito letras formavam a palavra "segredos".

Maya franziu a testa, pensando em como aquele botão teria ido parar lá. Segredos... Seria uma *griffe*? O presságio de algum acontecimento que deveria permanecer secreto? Alguma coisa lhe sugeria violência. Guardou o botão na sacola de praia, prometendo a si mesma descobrir algo mais sobre aquilo — apesar de ser improvável que descobrisse qualquer coisa sobre um botão jogado na praia. O improvável, porém, às vezes acontece...

A garota passeou pela areia, pensando no assunto. Vasculhou com o olhar as casas próximas à praia, quase todas com as janelas abertas deixando entrar a brisa. Uma delas chamou sua atenção justamente por ostentar todas as janelas fechadas. Era uma casa antiga, com detalhes em madeira, construída à maneira açoriana. Seria até bonita, se não estivesse aparentemente abandonada. Firmando a vista, porém, Maya percebeu que se enganara: numa das maiores janelas percebeu um velho a olhar a praia por trás da vidraça fechada. Parecia uma estátua, de tão imóvel.

Maya passou em frente ao campo de visão do homem e baixou os olhos, sentindo que ele a observava. Por algum motivo apressou o passo e foi encontrar as irmãs, do outro lado, terminando seus sorvetes.

A caminho, remexeu na sacola, pegando o botão grená e examinando-o mais uma vez. Aquela manhã a sobressaltara com sensações estranhas. O encontro do botão, o velho na janela... Sensações inadequadas para as férias de janeiro, em que a ordem era estorricar ao sol, descansar, namorar.

Naquelas férias em Santa Catarina, Maya não poderia saber que um botão jogado na praia a levaria a uma aventura improvável, inimaginável.

E perigosa.

Capítulo
1

Casa feia para velho rico

— Seu Mendes!

Um homem aparentando uns quarenta anos, vestido displicentemente, bateu pela segunda vez com os nós dos dedos na velha porta. Não recebendo resposta, forçou o trinco e entrou na casa.

Seus passos soaram inseguros no soalho da sala maltratada, onde os móveis cobertos por lençóis exalavam indisfarçável cheiro de mofo — que as narinas dele, sensíveis, detectaram e denunciaram num espirro.

Ao erguer os olhos lacrimejantes por força do espirro, deu com uma mulher de pele curtida e olhar instigante, os cabelos negros com toques grisalhos amarrados num coque alto. Trazia uma vassoura na mão.

O homem recuou um pouco, a imagem de uma bruxa surgindo em sua mente.

— Dia, Zeli.

— Dia, seu Camilo. *Qués* o quê?

— Que acabes com esse mofo.

— Pra quê? Com mofo não posso fazê nada, a umidade é *braba*.

O homem sorriu amarelo. Depois perguntou pelo dono da casa.

— O mesmo de sempre. Tá olhando na janela todo *acachapado*, tadinho. *Qués* o quê com ele?

— Negócios — respondeu ele. — Está no escritório?

A mulher olhou-o desconfiada, como se tentasse ver através dele.

— Eu, se fosse tu, não ia *atentar* teu sogro. Seu Mendes não quer te ver nem hoje nem nunca.

O outro espiou o longo e estreito corredor. Era escuro e o teto ostentava uma aparência frágil. Suspirou. Tudo naquela casa parecia prestes a desabar.

— Velho sovina... — resmungou, entre dentes. E para Zeli: — Não pedi conselho. Vou assim mesmo — criou coragem e enfrentou o corredor, a passos apressados.

Zeli tomou o rumo da cozinha, resmungando de si para si.

— Depois leva uma *carcada nos óio* e não sabe por quê.

Aquele que ela chamara Camilo bateu umas duas vezes na porta do gabinete, no fim do corredor. Teve medo de bater com mais força e derrubar a porta, que, como tudo ali, também parecia podre. Não obtendo resposta, entrou de vez.

Deu com um homem idoso, um tanto curvado pela idade, com os olhos fixos na janela. Depois de alguns segundos, ele se voltou e fitou o intruso com olhar severo.

— Não te ensinaram a bater na porta?

O outro mostrou-se um tanto embaraçado.

— Eu bati.

— Não escutei — resmungou o velho, voltando a olhar pela janela.

— Mas eu bati — insistiu o visitante —, até chamei.

O homenzinho sacudiu a cabeça, mal-humorado, e se afastou da janela, embora ainda mantivesse o olhar distante. Com um suspiro, foi sentar-se atrás de uma escrivaninha de madeira polida. O outro não pôde deixar de notar que tudo naquele aposento destoava do resto da casa: se lá fora havia pó, ali dentro nem um grãozinho conspurcava a limpeza da escrivaninha, das estantes, das poltronas confortáveis.

"Velho maluco", pensou o genro com raiva, "com o dinheiro que tem podia morar numa casa de cinema! E vive enfiado nessa... nessa..."

— O que tu queres, Camilo? — resmungou o dono da casa, acordando o outro de sombrios pensamentos.

— Conversar... trocar ideias... quem sabe amarrar um negócio, seu Mendes. Afinal das contas, sou da família e...

O olhar feroz do velho, fuzilando-o por trás da escrivaninha, cortou o breve discurso que ele havia preparado.

— Tu não és nem nunca foste família pra mim! Enquanto minha filha e a menina eram vivas, ainda aturava a ti e àquele teu irmão imprestável. Mas agora...

Camilo ainda tentou acalmá-lo.

— Escuta, seu Mendes, eu acho que...

— Some da minha casa! — berrou o velho, com um fôlego inesperado.

Camilo continuou displicentemente jogado na poltrona em que se sentara.

— E se eu não for? O que meu querido sogro vai fazer? Mandar Zeli me espantar com a vassoura?

Em resposta, seu Mendes fez soar uma sineta com o indicador. A porta do gabinete se abriu e um homem louro de olhos claros, ar feroz e pelo menos um metro e noventa de altura, entrou sem ruído algum.

— Chamou, patrão?

O velho respirou fundo e limpou o suor do rosto.

— Mostra pra esse indivíduo o caminho da porta, João. Parece que ele não consegue encontrar a saída sozinho...

Um olhar do segurança e Camilo já atravessava o corredor. Ouviu a porta da frente fechar-se com estrondo às suas costas e parou, ofegante, os punhos fechados ameaçando o velho, que não podia ouvi-lo.

— Tu me pagas, velho. Eu ainda tenho um trunfo na manga... um trunfo tão valioso que tu nem imaginas... deixa estar, que tudo que tens vai mudar de mãos!

Seguiu sob o sol, as roupas desalinhadas manchando-se de suor.

Olhando-o pela porta dos fundos, Zeli murmurou.

— Esse homem tem coisa... e coisa ruim. Mas espera... O dia que o bicho se mostra não tarda!

E num bufar profético voltou para a cozinha e para o peixe do almoço. Ouviu os passos fortes de João ressoando pelo corredor e os passos fracos do patrão, voltando para seu lugar de sempre: a janela.

Mas ele não olhava para fora. Fitava agora uma fotografia num pequeno porta-retratos. Entre a moldura, uma mulher de mais ou menos uns trinta anos abraçava uma garotinha de uns sete. Podia-se ver que, num dos lados, a foto fora rasgada para deixar de fora um terceiro personagem que fizera parte da cena original. Um homem.

O velho suspirou, colocou o porta-retratos sobre a escrivaninha de madeira polida e voltou à janela. Desta vez, como antes, os olhos fixos na praia.

Capítulo 2

No Rio Vermelho, entre a praia e a reserva

Maya estremeceu e entrou no carro. Estivera observando outra vez a casa da esquina, e se impressionara com um homem que, do lado de fora, parecia xingar veementemente alguém lá dentro. Logo o veículo se afastava de Sambaqui, e ela desviou os olhos e os pensamentos do exterior, prestando atenção na conversa que se desenrolava entre os pais e suas irmãs Carmen e Antônia, apelidada de Toni.

— Que lugar magnífico! — suspirava Raul, o pai.
— Eu não achei graça nenhuma — rebateu Carmen.
— Não tinha nada pra se fazer!
— É, nem boate, nem agito, nem surfistas... — concordou Toni.
— Minhas queridas — volveu ele —, vocês não entendem nada de atmosfera.
— A atmosfera em Sambaqui cheirava a peixe — decretou Carmen, provocando uma olhada terrível do pai pelo retrovisor.
— Eu achei muito interessante a história que o sorveteiro contou — atalhou Madalene, a mãe, para mudar o rumo da conversa. — Que o nome da praia veio dos sambaquis indígenas que existem por lá.
— O que é um sambaqui, mãe? — indagou Toni.
— Pelo que eu entendi, é um monte de conchas de mariscos e ostras lançados pelos índios que moravam aqui no passado. Esse "lixo" todo se solidificou, virando os montes fósseis, os sambaquis. Aqui havia muitos, e a praia herdou o nome — repetiu a mãe.
— Eu não vi monte fóssil nenhum — resmungou Toni.
— Claro que não iria ver, filha. Eles foram destruídos

há muito tempo pelos colonizadores, que usaram as conchas pra construir suas casas. Um que restou é aquele que o sorveteiro chamou de Ponta das Bruxas.

Carmen arqueou as sobrancelhas.

— Que história é essa de bruxas?

A mãe lançou um olhar cúmplice ao marido.

— Não sabia que Florianópolis é conhecida como Ilha da Magia ou Ilha das Bruxas? Aqui está cheio delas, querida.

— Conversa! — retrucou a moça. — O cara quis foi impressionar vocês!

— Não, Carmen, é sério — intrometeu-se Raul. — Houve um homem, chamado Franklin Cascaes, que foi muito importante para a preservação da cultura local. Ele fez uma pesquisa riquíssima sobre as bruxas da Ilha.

— Ah, mas isso é folclore, não tem nada a ver com a realidade.

— Dizem que ele conhecia as bruxas, conversava com elas... — atalhou Madalene.

Carmen e Toni se entreolharam e soltaram risadinhas abafadas.

— Olha, esse cara devia era cheirar umas e outras — disse Carmen, com Toni acrescentando um "hum-hum" zombeteiro.

Quando chegaram ao *camping*, mal o pai estacionou o carro, Carmen e Toni foram correndo conversar com uma turma de adolescentes com quem haviam travado amizade. Maya desceu, sem a mesma animação, e ajudou Raul a descarregar o carro.

— E então, filha? — indagou ele. — Como foi o seu dia? Você anda quieta desde que chegou. Não está gostando de Florianópolis?

— É legal — respondeu a garota, lacônica.

— O que achou da praia? — insistiu o pai.

— Bonita — respondeu. E considerando que o quase monólogo era suspeito de sua parte, acrescentou: — Só não gostei muito dos esgotos indo pra água.

Raul balançou a cabeça, concordando.

— É... Estive aqui há alguns anos e a ilha era bem diferente. Enquanto eram poucos os moradores, não havia problema de poluição. Agora a população aumentou, os tempos mudaram... E parece que eles ainda não se deram conta disso.

— Talvez não tenham condições de resolver o problema — sugeriu Madalene, aproximando-se.

— Não, isso não tem nada a ver — discordou o pai.

— Se tivessem consciência do estrago, organizariam um mutirão de limpeza da praia, a comunidade encontraria soluções.

— Como pode dizer que eles não têm consciência?

— Se tivessem, fariam alguma coisa!

Maya, não muito disposta a escutar outra das discussões ideológicas dos pais, aproveitou para escapulir e arriscou aproximar-se da turma das irmãs.

Sentou-se junto à rodinha e pegou o trem andando. Marcelo, um rapaz muito falante, discutia com o mais velho deles, Rafa, o único a ter carro no grupo.

— E a Joaquina? Por que não vamos todos pra Joaquina amanhã?
— A água é gelada demais! Não dá pra aguentar nem dois segundos dentro dela.
— Mas são as melhores ondas, Rafa!
— Acontece que o sol não tá lá essas coisas e eu não tou a fim de passar frio.
Natália, uma garota de cabelos longos e cacheados, resolveu dar palpite.
— Que tal a gente passar o dia em Canasvieiras?
— Boa! — aplaudiu Carmen. — Lá tá cheio de "gatinhos"!
— Miau!!! — zombou o rapaz mais novo.
Rafa deu-lhe um safanão.
— Cala a boca, Marcelo!
Toni torceu o nariz.
— Mas nós vamos ficar em Canas até a noite? Então vai ter que acontecer algum *show* maneiro, senão não vale a pena.
Natália sacudiu os cachos afetadamente.
— Minha filha, a vida nesta ilha gira em torno de Canasvieiras. O que acontece no mundo, acontece em Canas.
— Tá, mas Ingleses é legal também — resmungou Toni, um tanto amuada.
— A Mole! — decidiu Marcelo. — Vamos na Mole.
Rafa fez uma careta.
— Não, a Mole não.
— Por que não? A vista é sensacional. Tá cheio de "traseiros" em exposição...
As três garotas torceram o nariz.
— Sem-vergonha!
— Ah, é? Vocês meninas ficam correndo atrás dos "gatos", e eu é que sou sem-vergonha?
Carmen pendurou-se no braço do mais velho, dengosa.
— E a Brava, Rafinha? O Bernardo diz que é uma das praias mais legais.
— Eu já fui lá e não é boa.
— Qual é o problema?

— Vazia demais.
— Então, nada feito — resolveu Carmen.
— Se é surfista que vocês querem, lá tem! — riu-se Marcelo.
— É, eu sei muito bem: uns gatos pingados — protestou Toni.
— Não liga, elas tão doidas é pra ir a Canas.
Toni deu um suspiro dramático.
— Vou pra qualquer lugar que não seja aquele vazio de Sambaqui!
— E aí, galera?
Outro rapaz acabara de se juntar ao grupo. Moreno, corpo atlético, cabelos longos e ar de gostosão. Maya olhou-o de um jeito meio enviesado. Ele nem se deu conta de sua existência; foi logo dando palpite.
— Qual é o problema? Tão a fim de arrumar uma praia?
— Pois é, meu irmão, a coisa aqui tá complicada. A gente vai sair cedo amanhã, no carro do Rafa, e essas gurias não sabem se vão ou se ficam!
Carmen deu-lhe um beliscão.
— Cala a boca, Marcelo!
— Olha, o negócio é o seguinte — decretou o recém-chegado —, o lugar do momento é a Mole.
— Ah, taí! Eu disse o quê?
— Cala a boca, Marcelo! — retrucou desta vez um coro de meninas.
— Mas por que a Mole, Bernardo? — indagou Carmen.
— Só por causa dos "traseiros"?
— Não só por isso — sorriu o rapaz, exibindo uma arcada dentária de tirar o chapéu. — Tem pra vocês também: é lugar de surfista, e eu tou precisando sacudir as teias de aranha da minha prancha.
— Você surfa? — interessou-se Natália. — Puxa, não sabia dessa. Surfa legal?
— Bem... — estufou-se Bernardo com um falso ar de modéstia.

— Ah, essa eu quero ver! — debochou Marcelo.

O "cala-a-boca-Marcelo" característico fez-se ouvir, seguido depois por uma sessão de arrastamento de asas das três garotas para cima do sujeito. Maya irritou-se com tal alisamento num indivíduo que, em sua opinião, não valia nada; e retirou-se para o *trailer*.

Chegando lá, arrancou um caderno da mochila; armando-se de caneta, começou a escrever. Estava anoitecendo, e antes de ir tomar banho ela queria marcar em seu diário tudo o que acontecera naquele dia. Ao mexer em suas coisas, um pequeno objeto rolou para o chão. A garota pegou-o mecanicamente e parou de escrever, o olhar intrigado. Por que ficara tão interessada num simples botão encontrado na praia? "Segredos", dizia a inscrição gravada ali. Que segredos sinistros poderia guardar um mero pedaço de plástico?

Sentiu um arrepio passar por seu corpo e guardou o botão na mochila. Voltou a rabiscar o caderno, culpando o vento pela repentina sensação de frio.

Nem reparou que o calor ainda estava forte e não havia sinal de vento.

Capítulo 3

Uma casa para alugar em Santo Antônio

A menina alcançou o galho mais alto e olhou para o mar. Se pudesse ser uma gaivota! Bateria as asas e fugiria dali, daquela casa triste, daquele homem agressivo.

— Joana! — berrou uma voz severa do pé da árvore.

— Desce daí agora!

A menina sabia que era melhor obedecer. Mesmo sendo ágil, custou a alcançar o chão. O homem segurou-a firmemente pelo braço e a arrastou para o interior da pequena casa, em cujo terreno estava fincada uma placa de "aluga-se".

— O que é que tu estavas fazendo? — inquiriu ele.

— Comendo goiaba — respondeu Joana, cabisbaixa.

— Já te falei que não é pra ficar lá fora. Se queres goiaba, ou qualquer outra droga, me pede que eu pego.

A menina resmungou qualquer coisa. O homem retornou ao quintal para colher goiabas.

Não muito longe, um carro parou e dele desceu um grupo de jovens, parecendo aliviados por saírem de uma verdadeira lata de sardinhas. Rafa, Bernardo, Marcelo, Carmen, Toni, Natália e Maya haviam passado a manhã em Canasvieiras e agora passeavam por outras praias, apertando-se no carro de Rafa.

Maya não sabia bem por que acompanhara as irmãs e sua turma. Demonstrava abertamente detestar a companhia; porém, como adorava passear, fora uma das vozes a sugerir que fossem conhecer Santo Antônio de Lisboa, um distrito que volta e meia era confundido com bairro.

O local era simpático. Uma igreja antiga, branca, as beiradas pintadas de amarelo; uma única torre que exibia um pequeno sino; ao lado, atravessando-se uma ruela, havia um barzinho instalado numa casa açoreana intacta; logo em frente, cheia de brinquedos para crianças — alguns quebrados —, ficava uma pracinha protegida pela sombra de enormes árvores. Na praça havia ainda mesas convidativas com banquinhos, ostentando tabuleiros de jogo de damas pintados. E à frente, o mar. Havia um ar de tranquilidade ali que a garota não vira na Barra da Lagoa, na Daniela ou em Canasvieiras.

Carmen e Toni se alvoroçaram: o dia estava quente e a água era tentadora. Foram as primeiras a correr para a praia. Os outros as seguiram com mais calma.

Maya se aproximou da torrezinha da igreja. Contornando-a, descobriu que só existia uma parede de fachada e o resto era aberto. Uma escadinha estreita e íngreme levava ao sino. Ignorando o risco de um tombo, enfrentou a subida de dez ou mais degraus.

Chegando junto ao sino, segurou-se para que o vento e a leve vertigem não a derrubassem, e aspirou o ar. Deixando o olhar vagar, viu a certa distância uma casinha com placa de "aluga-se". Era meio afastada dali e tinha um ar de abandono. Não teria prestado atenção se não tivesse achado estranho ver alguém numa casa pretensamente vazia; um homem descera de uma árvore no quintal e entrara na casa.

Maya julgou já ter visto antes aquele homem, embora não se lembrasse nem de onde nem de quando. Abanou a cabeça e continuou a olhar em torno até encontrar um cemitério, atrás da igreja. Um arrepio passou-lhe pela espinha e ela resolveu descer. Tornou a olhar para o outro lado, querendo certificar-se de onde se apoiava, e sem querer fitou novamente a casa para alugar. Então deu-se conta do varal e do vestido infantil pendurado nele.

Um vestido de cor grená.

Prendendo a respiração, desafiou o vento e a vertigem e desceu a escada o quão rapidamente pôde, aproximando-se do grupo.

"Estou ficando maluca", pensou. "E daí que tem um vestido grená pendurado lá? Deve haver milhares de vestidos dessa cor por aí. Ando lendo livros de suspense demais!"

Mas não conseguia abafar um impulso absurdo de subir a rua, pular a cerca do quintal da casa e ir verificar se, naquele vestido grená, faltava um botão...

Foi andando na direção do mar e viu que suas irmãs já estavam entrando n'água, exibindo os biquínis. Rafa, Marcelo e Natália tomavam sol na areia. Bernardo, por sua vez, parara para conversar com uma garota desconhecida ao grupo, que, sentada num murinho junto à praia, parecia divertida com as investidas infrutíferas do rapaz.

Maya sentou-se por perto, aproveitando a sombra do local, e ouviu um trecho da conversa.

— Como assim? — indagava Bernardo. — O que você quer dizer?

— Não é por nada, mas se eu fosse vocês não entrava na água — respondeu a garota, com o sotaque ilhéu que Maya já se habituara a ouvir: "ésses" puxados num português razoavelmente correto.

— Mas por quê? — insistiu Bernardo.

— Bom, se tu prestares atenção, vais perceber a quantidade de canos saindo das casas e indo para o mar.

— Tá bom, e daí?

— Daí que dentro desses canos corre o esgoto das casas — finalizou a moça, com um sorrisinho de malícia.

Bernardo olhou a moça, olhou a turma na água e caiu na risada. Maya preocupou-se com as irmãs, mas também não pôde deixar de se divertir ao pensar na reação delas quando soubessem do fato.

— Você sabe de algum lugar bom para se ir comer? — indagou Bernardo, não querendo deixar a conversa com a garota morrer.

— Gostas de ostras? — perguntou ela.

— Nunca comi.

— Olha, um lugar muito bom é aquele ali — apontou um boteco de aspecto suspeito logo em frente à praça. — A ostra, muito boa, é cultivada por eles. Abre à tardinha.

— Espera um pouco — inquietou-se Bernardo. — Se a ostra é cultivada por eles e precisa de mar, então...

— É, ela vem desse mar aí.

— Você quer me envenenar?! — exclamou o rapaz. A outra riu.

— Vocês não respiram veneno lá em São Paulo?

Bernardo não soube o que responder e a garota afastou-se, depois de se despedir educadamente. Subiu a avenida principal e logo sumiu. O rapaz ainda ficou apreciando o corpo benfeito da moça. Maya riu, apostando que ele ficara desapontado por um membro do sexo feminino não se ter jogado a seus pés.

Depois, voltando a preocupar-se com Carmen e Toni, que nadavam na água poluída, chamou a atenção dele.

— Você conta pros outros, ou eu conto?

Bernardo voltou o olhar para ela, um tanto distraído.

— Contar o quê?

— Sobre os esgotos. Esta praia não é adequada pra banhistas. Não ouviu o que a menina disse?

Ele riu, observando as duas dentro d'água.

— Conta você. São suas irmãs... Apesar de eu achar que vocês três não são nada parecidas.

A garota sentiu-se avermelhar, ao perceber que ele avaliava seu corpo de maiô. Sabia que não era tão atraente quanto Carmen ou Toni. As duas eram mais velhas, tinham seios bem desenvolvidos e haviam herdado os cabelos lisos e brilhantes da mãe. Os seus eram crespos, muito mais rebeldes, e Maya os mantinha curtos por comodismo.

— Alguém tinha de ser o cérebro da família — ela respondeu rispidamente, pegando a saída de banho e enrolando-se nela, como que para evitar o olhar do rapaz sobre seu corpo. — Mas não esquente sua cabeça. Surfistas não são muito versados em genética, pra entender certas coisas.

Bernardo ensaiou um risinho cínico e afastou-se na direção dos outros.

— Uau, ela morde! Se quer saber, eu só achei vocês três muito diferentes. Não precisava acabar comigo desse jeito.

Maya levantou-se para chamar as irmãs, um pouco surpresa. Teria notado certa sensibilidade magoada no tom de voz dele? Talvez tivesse julgado Bernardo erroneamente.

Talvez ele não fosse um paspalho total, desses que pensam apenas em surfe e mulher.
Bem, ela teria tempo para descobrir isso. Seus pais planejavam ficar em Florianópolis até o final do mês. A garota não poderia saber que, antes que o mês terminasse, descobriria muito mais sobre Bernardo.

Quando o sol baixou, os sete ainda estavam em Santo Antônio, sentados em frente ao boteco que a moradora indicara. Com exceção de Bernardo, que ainda olhava com suspeita para o prato, todos haviam experimentado as ostras e apreciado o sabor. Rafa pressionou-o.

— Como é, Bernardo, vai encarar ou não? Temos de ir embora.

— Acho que não — respondeu o rapaz. — Fiquei com má impressão desta praia. Se o mar tá poluído, imagina só os peixes!

Maya, que estivera quase o tempo todo calada, não resistiu.

— Pra sua informação ostra não é peixe, é molusco.

Marcelo puxou uma vaia para Bernardo, que não respondeu e olhou-a novamente com mágoa. Empurrou o prato e levantou-se, procurando a carteira no bolso do calção. Carmen fuzilou a irmã com o olhar e sorriu derretidamente para ele.

— Não liga pra ela, Bê. Nas férias ninguém é obrigado a entender de biologia...

Enquanto pagavam a despesa e se preparavam para ir embora, Maya olhou para além da igreja e vislumbrou a casinha onde vira o varal. Impulsiva, voltou-se para o dono do bar, que retirava as garrafas de refrigerante da mesa, e perguntou:

— O pessoal aluga casas pra temporada aqui em Santo Antônio?

— Olha, alugar, aluga. A menina quer uma casa? — e antes que Maya respondesse, continuou: — Pra perto do seu Vardico tem umas casinha bem ajeitadinha, sabes? Mas

se preferes posada, tem duas muito da boa. É mais pra diante...
— Ali tem uma casa pra alugar — a garota o interrompeu, fingindo um ar distraído, apontando a casa no morro.
— Será que é boa?
O dono do bar abanou a cabeça.
— Ah, mas aquilo não é casa pra turista... Não tem luxe nenhuma! Já deu uma *diarada* que tá vazia e ninguém se arrisca de morar lá — curvou-se para sussurrar no ouvido de Maya. — Diz que tá *disgramida*.
— Vai ficar aí, Maya?
Toni a chamava. Rafa já estava abrindo o carro, e o grupo de jovens se afastava, mas a garota ignorou o chamado.
— Disgramida? — repetiu, mal e mal entendendo o que o homem dizia.
— Pois se eu te digo! — reafirmou o dono do boteco, arregalando muito os olhos. — É cheia de *malinage*!
— Mas parece que eu vi uma pessoa entrando lá.
Um estranho lampejo passou pelos olhos do homem.
— *Dijaoje*? Não... a menina deve ter *destrocado* a moradia. A casa já tá trancada faiz um tempo!
O som de uma buzina ecoou na praça. Todos já estavam se acomodando no carro, esperando por ela. Maya sorriu para o dono do bar.
— É, devo ter visto errado. Obrigada pela informação. As ostras estavam ótimas!
Quando o carro de Rafa subiu o morro, deixando Santo Antônio, Maya ficou olhando pelo vidro traseiro. O sol havia sumido no horizonte, o céu escurecia. E a garota podia jurar que vira, numa das janelas da casa em questão, uma fraca luz brilhando.
Não disse uma palavra o caminho todo para o Rio Vermelho, permanecendo alheia à conversa ruidosa dos outros. A lembrança do pequeno vestido grená balançando no varal da casa não saía de sua memória.

Capítulo
4

Sonhos de vivos e mortos

O som da freada era intenso, incessante. Em seguida vinha o som da batida do carro misturado à dor e ao ardor da pele. Tudo parecia acontecer de novo: a pancada na cabeça, o sono repentino, a sensação vertiginosa de queda barranco abaixo. O tio carregando-a. E, antes que tudo sumisse, o som da explosão, a visão do incêndio e o cheiro da fumaça.

— Mãe! Pai!

Joana sentou-se na cama, molhada de suor, os cabelos curtos e crespos emaranhados, a respiração entrecortada. Apertou a cabeça com as mãos, assegurando-se de que não estava ferida, não estava outra vez no barranco, as pernas arranhadas e o nariz sangrando. Tinha sido só um sonho. Estava em casa...

— Que foi, agora?

A voz masculina veio junto com a luz diminuta do lampião. Joana olhou para a porta do quarto e viu o rosto daquele homem outra vez.

— Nada não. Tive um sonho.

O homem avaliou a menina com o olhar avermelhado de quem bebera.

— Que tanto pesadelo tu tens? Falei pra não te encheres de goiaba. Agora vê se obedece teu pai e dorme! Amanhã vou na farmácia e te arrumo um remédio.

Ele saiu, levando o lampião e fechando a porta. Joana voltou a deitar-se, fechando os olhos com força para não chorar. Por alguns instantes pensara que ele também tives-

se sido um sonho, que ela não estava mais ali, e sim de volta para sua verdadeira casa. Por breves segundos acreditara que o acidente nunca havia acontecido, que a mãe e o pai ainda estavam vivos e que ela não precisava fingir nem se esconder.

Ouviu as vozes na sala ao lado retomando uma conversa que seu grito interrompera.
— Que tem a guria, Camilo?
— Pesadelo, Valmir. Comeu goiaba demais...
Enrolando-se na colcha, Joana tapou os ouvidos para não ouvir mais. Não suportava ouvir chamarem aquele homem de Camilo, o nome de seu pai. Ela sabia muito bem que ele se chamava Carlo. Sabia também que sua mãe o detestava, apesar de ser irmão gêmeo de Camilo. Só não entendia por que o tio a forçava a dizer que ele era seu pai. Nem porque não podiam voltar para casa. Era uma casa tão grande e gostosa!
Não, ela não queria se lembrar da casa. Isso traria de novo a lembrança da mãe, e depois a imagem do carro freando e batendo, o barranco, o fogo... Carlo carregando-a para longe dali, dizendo que todos estavam mortos e que agora ele seria seu pai.
Seu pai... Ela também não queria se lembrar do pai.
Mas podia pensar no avô. Aquela lembrança não doía. A casa do avô, os brinquedos que ele lhe comprava, os sorvetes que tomavam juntos, os passeios que faziam de carro.
Embalada por pensamentos menos dolorosos, logo a menina dormia sem sonhar.

— Zeli!
— Que foi, seu Mendes?
O velho parecia fraco e trêmulo, parado à boca do corredor. Não respondeu. Ela suspirou e acendeu a luz da sala.
— Outro daqueles pesadelos, não foi? Eu disse pro senhor não tomar café às *pamparras*, depois de ter o *panduli* cheio da janta. Vem cá, que vou fazer um preparado pro senhor poder *poisá* de vez.
Ele deixou-se levar por ela até uma poltrona, dócil.
— Sonhei de novo com a menina. Não sei, Zeli, pode ser um aviso.

A moça remexia num armário, pegando alguma louça.
— Aviso pro senhor dar atento ao *dotôri*, isso sim. O seu Augusto disse que, na idade do senhor... Mas o velho não parecia ouvi-la. Continuava falando.
— Ela parecia mais velha no sonho. Com o cabelo curtinho, feito minha filha usava quando tinha essa idade. E ela disse: vovô, vem me buscar. Eu vi, Zeli! Será um aviso?
— Aviso seria se ela dissesse que veio buscar o senhor. E toma esse chá sem *assucre* aqui que em *dois toques* o senhor *assussega*.

Depois de fazer o patrão tomar o chá e acompanhá-lo até o quarto, Zeli não conseguiu voltar ao seu. O que o velho dissera não lhe saía da cabeça.

"Será?", pensava, enquanto lavava a louça do chá. "Mas a menina *bateu as caçoleta*! Eu *assuntei* com o Nilson, filho da Célia, que trabalha na delegacia e cuidou da *quizila*. Não sobrou uma alma viva: tinha resto de dois corpos, só podiam ser o da mãe e o da menina, já que o Camilo apareceu aqui no dia. O véio tá é *disvareteiando*... Melhor eu ir *poisá* também."

Não foi, contudo. A manhã a encontrou ainda remexendo na cozinha sem conseguir deixar de pensar que alguma coisa parecia muito errada na história daquele acidente.

O homem entreabriu a porta e deu uma olhada na garotinha, que dormia profundamente, enrolada na colcha. Depois fechou-a e voltou à sala da casinha, dirigindo-se a um rapaz que fumava deitado num sofá estreito.
— Vou indo, Valmir. Se a menina acordar, tem café e pão na cozinha. E vê se não deixa ela sair.

O outro assentiu com a cabeça.
— Ela não *azucrina*, quase não abre a boca. Nem sei por que tu precisas te esconder desse jeito. Achas que ela ia *dar a letra*?

— Não posso arriscar — foi a resposta. — A guria tem medo de mim, mas se se pega longe das minhas vistas pode me entregar. Não, o melhor é fazer do meu jeito. Aquele velho não vai durar pra sempre... e, assim que ele esticar o pernil, ela não vai ter mais nenhum parente pra contar que eu tomei o lugar do pai dela.

— Tu é quem sabes, mestre. Mas o véio pode ainda enrolar os anjos por uma *diarada*. Essa gente antiga parece que não vai!

— É que não são teus fregueses... — retrucou o pretenso Camilo, apontando para os papelotes caídos no chão. Valmir distribuía cocaína naquela parte da ilha, e rara era a noite em que ele mesmo não experimentava a "mercadoria".

— Ninguém nunca *botou reparo* — foi a resposta do outro. — E ultimamente não tá fácil aumentar a freguesia, com esta *pôia* de polícia me *azucrinando*!

— É a temporada. Deixa passar o verão e tudo volta ao normal, sem esse monte de turista se *alastrando* por aí.

— *Poisé* — resmungou Valmir, levantando-se do sofá e indo para a cozinha. — Mas pó deixar que na temporada que vem *arrumo o peixe*.

O outro, já na porta, riu.

— Verão que vem vamos estar por cima, tu mais eu. O velho vai *bater o trinta* de um jeito ou de outro. E quando isso acontecer, eu e a guria vamos entrar na grana. Espera só pra ver! Bom, mais tarde eu volto. E vê se não ficas dando prosa por aí...

Quando o sol subiu ele já estava longe de Santo Antônio. A casa continuava com aparência de abandonada.

Capítulo 5

Um almoço a sete

Era hora do café e o pai de Maya sorriu para as suas quatro mulheres.

— Queridas, que acham de almoçarmos fora hoje?

— A gente sempre almoça fora aqui no *camping*, pai — objetou Carmen, desconfiando de alguma tramoia.

Raul, entretanto, não se deu por achado. Caprichou ainda mais no sorriso.

— Que tal Sambaqui?

— De novo? — gemeu Carmen.

— Não tem nada lá! — gritou Toni, desesperada com a ideia de passar o dia tomando sorvete outra vez, e ainda um sorvete de marca desconhecida.

Porém o pai já tinha decidido.

O Jorge indicou um restaurante que, segundo ele, é muito bom.

Ouvindo falar em Jorge, as expressões de Carmen e Toni, de quase histéricas, passaram a interessadas.

— Jorge não é aquele viúvo, o pai do Bernardo? — perguntou Toni, trocando olhares com a irmã.

— É, e os dois também vão — avisou o pai, fitando as filhas com malícia.

Maya, a quem a ideia de almoçar em Sambaqui parecera estimulante, por ser aquele o lugar em que encontrara o botão grená, fechou a cara ao ouvir falar em Bernardo. Suas irmãs, ao contrário, abriram sorrisos. Estavam de acordo.

O restaurante era rústico, mas o serviço parecia de

primeira. Sentados em cadeiras confortáveis, junto a uma mesa longa, Jorge, Raul e Madalene trocavam impressões sobre Florianópolis. Carmen e Toni revezavam-se na conversa com Bernardo. Maya escrevia em seu diário, que ocultava dos olhares alheios mantendo-o apoiado ao colo. Todos já haviam feito os pedidos e esperavam os pratos.

— No caminho pra Jurerê tem uma danceteria supersimpática — dizia Carmen, pensando em combinar uma saída à noite.

— A gente ainda não foi — esclareceu Toni —, mas o Marcelo e a Natália disseram que vale a pena.

— Não dá pra confiar muito no que o Marcelo diz, mas talvez a gente possa combinar de ir — concordou Bernardo. — Vamos falar com o resto do pessoal.

Enquanto tratavam do dia e da hora, as bebidas foram servidas. Toni levantou-se para ir ao banheiro e Bernardo resolveu espiar o que Maya escrevia. Pulou uma cadeira, sentando-se ao lado dela, porém a garota olhou-o de modo agressivo.

— O que você tanto escreve aí? — insistiu o rapaz, em voz baixa, esboçando um dos seus mais belos sorrisos.

— Não é da sua conta — retrucou Maya, ríspida.

— Você fica escrevendo no meio de um almoço. Isso não é comum. Não tenho o direito de ficar curioso?

— Já disse que não é da sua conta — frisou a garota, glacial.

— Calma! Eu só queria puxar conversa, não precisa mostrar as garras.

Jorge interrompeu a conversa:

— Filho, por quantos segundos você ganhou aquela competição de natação?

— Qual? — ele perguntou, olhando distraído para o pai.

— A do último campeonato, em dezembro.

— Três vírgula sete.

Jorge voltou-se para Raul, Madalene e Carmen, que pareciam interessadíssimos na história da vida de Bernardo, contada pelo pai com tanto orgulho. Toni voltou do banheiro e prestou atenção à conversação.

— Eu tinha dito dois segundos, uma pequena margem de erro. O Bernardo é muito bom na natação, todos elogiam. Dizem que ele poderia ser um dos melhores nadadores do clube, se se empenhasse.

— Pretende ser campeão de natação? — indagou Raul, sorrindo para o rapaz.

Bernardo sorriu a contragosto, pela primeira vez parecendo encabulado.

— Não. Por enquanto, só tou pensando em fazer medicina.

— E leva todo o jeito — observou o pai. — É fera em biologia. Não é, filhão?

— Nem tanto — confessou ele —, às vezes confundo peixes com moluscos...

Toni e Carmen riram da alusão, embora os pais não entendessem nada. Logo começaram a falar de outros assuntos, e ele arriscou um olhar para Maya. Ela continuava escrevendo e não se dignou a olhá-lo. Apenas murmurou, mordaz, de maneira que só ele ouvisse.

— Quanta modéstia.

Bernardo nada disse; voltou à sua cadeira, vendo que o garçom se aproximava com os pratos. Enquanto todos se serviam do peixe, Maya guardou o diário em sua bolsa. O silêncio de Bernardo a incomodara; começou a pensar que, talvez, tivesse falado demais.

Depois do almoço, foram fazer uma caminhada para ajudar a digestão. A tarde estava quente e apropriada para se conversar e apreciar a paisagem. Os pais seguiram na direção da Ponta das Bruxas; os jovens preferiram ficar sentados em frente à praia. Maya, como sempre afastada do grupo, observava as casas açorianas.

Logo avistou uma em especial, lembrando-se do velho que vira na janela. Rememorava ter visto também um homem saindo de lá, erguendo um punho ameaçador contra as janelas.

Como uma reação em cadeia, uma série de imagens passou por seus olhos: o botão grená jogado na areia da praia, ali perto; o vestido pendurado no varal da casa para alugar em Santo Antônio, supostamente vazia; um homem moreno de estatura mediana, que não deveria estar ali, e que se parecia com...

Ele se parecia com o homem que ela vira ameaçando o velho de Sambaqui.

Santo Antônio... Sambaqui... seria possível?

"Para com isso, Maya", ordenou a si mesma. "Isto não é um filme policial..."

Apesar disso, não podia evitar que seu cérebro trabalhasse furiosamente. Sem perceber, havia se distanciado dos outros e parado diante da casa, bem na hora em que ali estacionava um carro importado verde metálico.

Dele desceu o mesmo velho que ela vislumbrara na janela. Ao dar com a garota olhando sua casa, ele pareceu suspirar.

Maya sentiu-se observada e voltou-se para ele, assustada. Começou a afastar-se, mas o velho, com um movimento da mão, fez sinal para que a menina se aproximasse; impelida pela curiosidade, ela obedeceu.

O velho sorriu como quem não está acostumado.

— Gostas da casa?

Maya percebeu o sotaque ilhéu carregado. Respondeu que sim.

— Ela pertenceu a várias gerações da minha família. Descendemos de um povo aventureiro, que veio de longe, do lado de lá do horizonte. A casa é feita de tijolos e óleo de baleia. Bonitas essas beiradas pintadas de preto, né?

Maya concordou, gostando do jeito do velho.

— Deixei-a como era, não mudei nada. É claro que os móveis são novos, mas também tenho alguns objetos bem antigos.

Começou a discorrer sobre os tais objetos, a descrevê-los e a calcular suas idades, a quem haviam pertencido. Ao cabo de poucos minutos, deixou escapar:

— És muito parecida com uma neta minha.

Maya nada disse. Começava a sentir-se cansada daquela conversa. O velho continuava recordando.

— Ela tinha o cabelo assim como o teu... Claro que era bem mais nova. Quantos anos tens? Uns treze? Ela teria menos. Quase nove, se fosse viva.

— Puxa — fez Maya, um tanto sem jeito. — Sinto muito.

O velho balançou a cabeça.

— Não precisas sentir nada. Essas coisas acontecem porque Deus quer — recolheu-se num silêncio submisso por um minuto. — Queres ver o retrato dela?

A garota aceitou, sentindo pena do velho. Talvez por isso no outro dia ele parecia tão desconsolado, à janela. Ele sacou a carteira e dela tirou uma pequena fotografia. Era a imagem de uma garotinha de sorriso franco e, de fato, um pouco parecida com Maya.

— O nome dela era Joana — murmurou o velho com carinho.

Maya sentiu um baque no estômago: a menina da foto vestia um vestido... *grenâ*!

— Bem... — o velho suspirou, guardando a foto. — Tu és uma menina de bom coração, ouvindo a conversa dum velho maluco como eu. Que Deus te acompanhe e que tenhas uma vida de alegrias pela frente! — acenou para a aturdida Maya. Depois voltou-se para a "montanha" loura, que guardara o carro e agora esperava, a uma distância respeitosa.

— Vamos, João.

Maya despediu-se timidamente e ficou ali até a porta da casa fechar-se, engolindo o velho e seu motorista. Depois saiu ao encalço de seus pais e dos outros, que já se acercavam dos carros. Jorge e Raul conversavam a certa distância, mas Madalene olhou-a preocupada.

— Onde você estava, Maya?

Ela abanou a cabeça, displicente.

— Na outra esquina. Conversei com um senhor que mora numa casa típica. Ele disse que tá igualzinha ao que era no tempo da colonização.

Bernardo, próximo dali e sempre cercado pelas duas irmãs, ouviu-a e sorriu, irônico.

— E eu pensei que ela só se importasse com a análise biológica das espécies servidas no almoço! Mas parece que a Maya também aproveita as férias pra estudar história...

Carmen e Toni riram.

Madalene fingiu não ter ouvido a observação e afastou-se. Porém Maya não prestara atenção às ironias de Bernardo. Seu coração batia acelerado, ao relembrar a conversa do velho. Em sua mente pairava a imagem da menina usando um vestido grená. Por algum motivo, não conseguia acreditar que a garotinha estivesse realmente morta.

Capítulo 6

O diário de Maya

No caminho de volta para o Rio Vermelho, todos ouviram um estouro, sentiram o carro sofrer uma sacudidela e logo mais o pai soltava uma praga, parando na beira da estrada. Fez sinal para o carro de Jorge, que vinha logo atrás deles.

— Foi o pneu? — perguntou Madalene.

— Estourou — resmungou Raul, saindo do carro.

Jorge saiu também do seu e foi ajudar o amigo a examinar o pneu vitimado. Toni e Carmen foram espiar, aproveitando para esticar as pernas e trocar ideias. Bernardo juntou-se aos homens, procurando ajudar.

— Maya, é melhor descer — disse a mãe, aproximando-se. — Seu pai vai trocar o pneu furado pelo estepe.

A garota desceu do carro, sempre em silêncio. Ficou por perto, observando Jorge e Raul fazerem a troca.

Um pouco mais distantes, os outros jovens conversavam.
— Cara, Sambaqui é um pé no saco! Não tem NADA pra fazer! — resmungou Toni.
— Não gostou do almoço? — perguntou Bernardo.
— Eu adorei o restaurante, Bê — sorriu Carmen.
— Tá, foi bonzinho — aceitou Toni. — Mas é um lugarzinho típico de família, não é pro meu bico.
— Estávamos em família, Toni — lembrou Maya, chegando mais perto.
— Você não pode falar nada, ficou o tempo todo escrevendo nessa droga de caderno e agredindo todo mundo — retrucou a irmã.
— Mas a Maya arrumou um rolo em Sambaqui — ironizou Carmen. — Não viram ela falando com um velho esclerosado, na frente duma casa medonha e caindo aos pedaços?
— Pra Maya, isso é fichinha — continuou Toni. — Ela tá ficando louca de pedra. Qualquer dia vamos ter de internar você, mana.
— Foi a recuperação — concluiu Carmen. — Deixou a coitada de miolo mais mole do que já tinha.
Toni fingiu agradá-la.
— Mas não fique triste, irmãzinha. Quando voltarmos pra casa mandamos você de volta pra terapia. Da última vez funcionou, lembra?...
Dessa vez Maya não conseguiu fingir indiferença. Empurrou a irmã bruscamente e foi para trás do carro. Sentou-se no chão rente à estrada, desejando entrar terra adentro.
Bernardo pareceu aborrecido.
— Você pegou pesado, Toni — falou. — Deixe a Maya em paz.
— Mas vai me dizer que ela não parece louca, às vezes? — ela insistiu.
O rapaz respondeu, sério.
— Não, não parece. No máximo, um pouco excêntrica. Muita gente faz terapia e isso não é motivo pra gozarem tanto com a cara dela.

Carmen olhou-o, furiosa.

— Qual é, Bernardo? Você foi o primeiro a se divertir com aquela história dela analisar os peixes do almoço.

Procurando Maya com o olhar, ele respondeu distraidamente:

— Peixe não, molusco.

A aproximação de Madalene interrompeu a conversa.

— Ficou combinado o seguinte: o Jorge leva vocês quatro de volta ao *camping*, e eu e o Raul vamos voltar uns quilômetros pra levar o pneu furado ao borracheiro.

Carmen, Toni e Bernardo entraram no carro de Jorge. Maya não se apressou.

— Eu fico com vocês, mãe. Vai sobrecarregar o carro do seu Jorge.

Mas Raul, já dando a partida, recusou a ideia.

— Nada disso — disse. — Volte com eles que é melhor; essas borracharias às vezes demoram horas. Fico mais sossegado sabendo que vocês estão no *camping*.

Maya não teve outro jeito senão obedecer ao pai. Entrou no carro de Jorge em silêncio, e em silêncio ficou durante todo o tempo que levaram para voltar. Em certo momento, Bernardo voltou-se para ela e seus olhares se cruzaram. Não havia, porém, hostilidade nos olhos de Maya. O rapaz ficou pensando se ela o ouvira defendê-la junto às irmãs, e de repente sentiu-se encabulado, embora não soubesse por quê.

Assim que chegaram, Maya, com um agradecimento a Jorge, foi a primeira a sair do carro. A pressa foi tanta que ela acabou não percebendo que deixara seu diário cair da bolsa, no banco do carro; afastou-se o mais depressa que pôde, indo para o outro extremo do acampamento. Toni e Carmen, concentradas numa conversa que Bernardo iniciava, também não notaram.

O rapaz as acompanhou ao *trailer*, encerrando a conversa, e depois foi apanhar a escova de dentes e a pasta; ia saindo para o banheiro quando ouviu o pai resmungar.

— Onde diabos enfiei o fio dental? Será que esqueci no porta-luvas do carro?
— Quer que eu pegue? — o rapaz ofereceu-se.
— Faça esse favor, filho — sorriu Jorge, jogando-lhe a chave.

Bernardo pegou-a e foi até o carro. Abriu a porta, apoiou-se no banco e abriu o porta-luvas. De fato, lá estava a caixinha plástica do fio dental. Fechou o porta-luvas, saiu do carro e ia fechar também a porta quando percebeu algo caído num canto do banco traseiro. Olhou com mais atenção e reconheceu o caderno misterioso de Maya. Alcançou o banco e apanhou o caderno. Dele caiu um botão cor-de-rosa. Apanhou-o, perguntando-se por que cargas-d'água a garota guardaria aquilo ali dentro.

Abriu o caderno de modo desinteressado e jogou o botão no meio das páginas. Fechou a porta e trancou o carro. Com uma olhada ao redor, viu que Maya não estava por perto. Sentiu-se tentado a ler o conteúdo, mas precisava entregar a chave e o fio dental ao pai. No *trailer*, deixou o diário em meio a suas coisas, pensando em dar uma olhada e devolvê-lo mais tarde. Foi escovar os dentes e acabou esquecendo-se daquilo.

Já estava escurecendo quando Bernardo viu Maya rondar o carro de Jorge. Somente então lembrou-se do que encontrara; obviamente ela procurava o diário. Chegou perto dela.

— Está procurando isto? — perguntou, mostrando-lhe o caderno que pegara no *trailer*.

Se esperava uma palavra de agradecimento, sofreu uma decepção. Maya arrancou-lhe o precioso diário das mãos, lançando chispas pelos olhos:

— Você leu, não é?

Em vez de responder, Bernardo retrucou, sarcástico:

— Ora, não foi nada. Não precisa agradecer.

— Responde — insistiu a garota.

— Onde foi parar a sua boa educação?

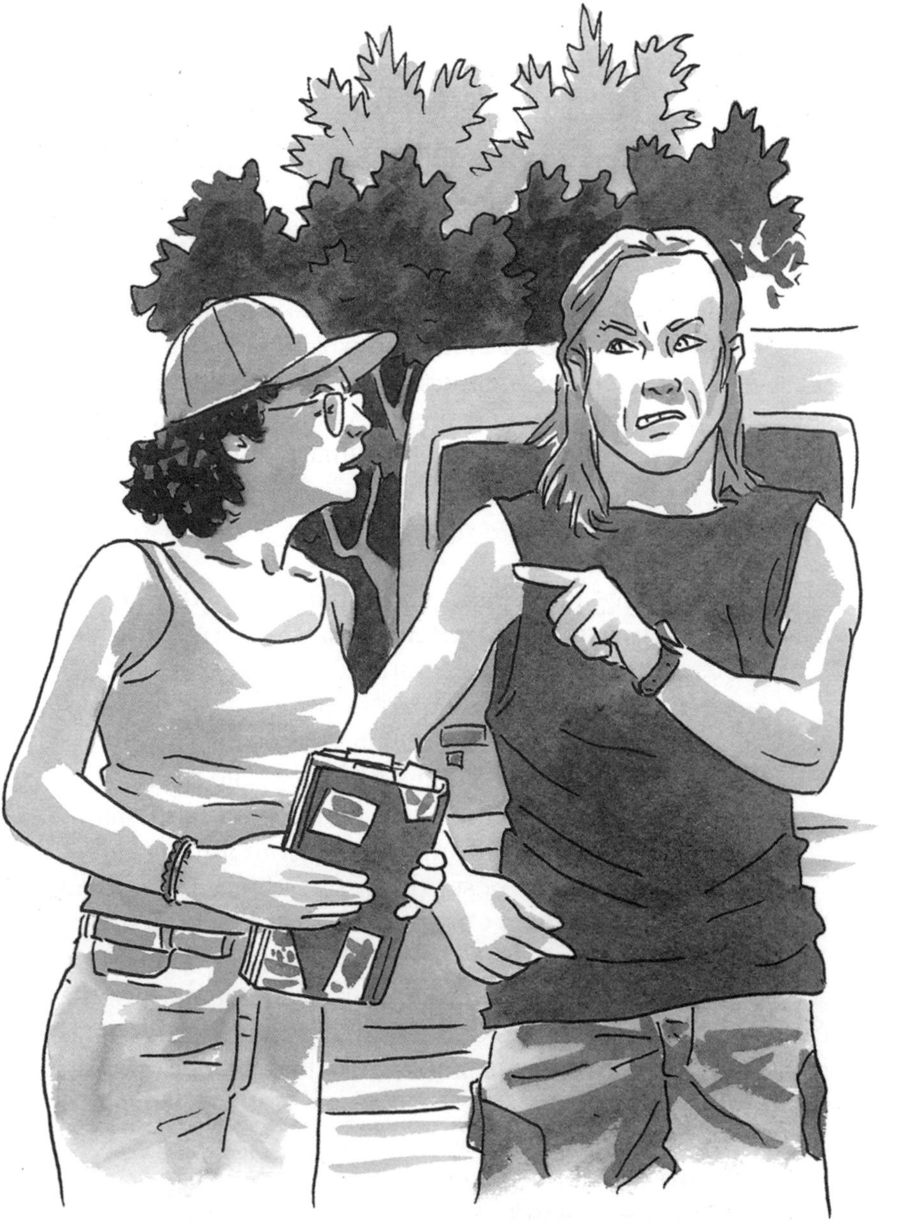

— Responde!
Bernardo lançou-lhe um olhar irritado.
— Não, não li. Acha que eu me interesso pelas bobagens que você escreve?
Sem responder, Maya folheou as páginas, procurando por alguma coisa.
— Se é o tal botão que você procura — disse Bernardo —, coloquei mais no meio.
Maya ergueu os olhos. Estavam cortantes como facas.
— Como você é mentiroso!
— Mentiroso por quê? — espantou-se o rapaz.
— Você disse que não leu! Como sabe do botão, então?
— Quando achei o caderno no carro, caiu um troço dele. Era o botão; peguei e pus de volta aí no meio.
— E espera que eu acredite numa mentira deslavada dessas?
— É verdade!
Maya riu, nervosa.
— Você deve ter achado logo quando nós chegamos, e só me devolve agora. Teve tempo de sobra pra ler tudo, e ainda escolher as melhores partes...
— Você tem imaginação demais! — defendeu-se Bernardo.
— Azar o seu se não acredita em mim, mas eu falei a verdade e tou decepcionado. Você não me agradeceu até agora!
— Agradecer por se meter na minha vida particular?
Bernardo fez um gesto impaciente com a mão.
— Não vou insistir nesta discussão idiota. Fique com seus mistérios, se quiser. Cansei de só receber pontapés.
Virou as costas e foi embora. Maya ficou pensativa. A zombaria dele após o almoço a irritara, mas não podia esquecer que ele, surpreendentemente, a defendera das irmãs. Talvez estivesse mesmo sendo injusta. Sem pensar muito, foi atrás dele.
— Bernardo! — chamou.
Ele parou e olhou para ela, indiferente.
— Olha... — a garota sentiu-se muito sem jeito — desculpe. É difícil pra mim acreditar nas pessoas.

Ele pareceu abrandado.
— Tudo bem. Se quiser, dou a minha palavra de honra de que não li uma só linha desse caderno.
Maya estendeu a mão, como mostra de paz. Bernardo apertou-a com vigor.
— Obrigada — ela disse —, por me devolver o caderno.
O rapaz sorriu e recolheu a mão, sentindo-se outra vez encabulado.
— Escute, por que você guarda aquele botão?
— É uma lembrança — mentiu Maya. — Bom, tenho de arrumar umas coisas.
Voltou ao *trailer*. Bernardo suspirou.
"As irmãs dela têm razão", pensou. "Maya é louquinha de pedra. Ou não?..."

Capítulo 7

Planos na calada da noite

Choveu naquela noite. Era madrugada quando Bernardo escutou o pai andando pelo *trailer*, conferindo o fechamento das janelas. Depois que Jorge se deitou, ele passou a ouvir somente o ruído da chuva batendo no teto — além do constante som das ondas na praia de Moçambique, não muito longe. O rapaz ajeitou-se várias vezes na cama estreita, querendo dormir. Porém o sono custava a chegar.

Tentava pensar em mil coisas diferentes, mas sempre voltava a relembrar o rosto de Maya ao desculpar-se. Não conseguia parar de se sentir culpado. Era verdade que não lera o conteúdo do caderno; porém não fora por qualquer sentimento de ética, e sim por mero esquecimento. Embora não quisesse confessar nem a si próprio, morria de curiosidade por saber mais sobre o comportamento reservado de Maya.

"Garota maluca", resmungou, "sempre com a cabeça nas nuvens. Que tanto ela escreve? E que mistério tem aquele botão, que ela parecia tão ansiosa pra encontrar?"

Tinha certeza de que Maya estava escondendo algo de todo mundo. O que seria? Prometeu a si mesmo que no dia seguinte iria observá-la melhor. Com alguma estratégia descobriria por que ela estava sempre na defensiva.

A chuva aumentava. Enquanto o sono não vinha, Bernardo teve de admitir para si mesmo que, apesar do desagradável sentimento de culpa, estava realmente arrependido por não ter lido o que a garota escrevera naquele diário.

Não muito longe dali, em outro *trailer*, Maya também estava acordada. Não gostava de chuva, e os trovões a deixavam nervosa. Olhou o beliche das irmãs: dormiam profundamente. Mais adiante, na cama de casal, o pai ressonava. O *camping* inteiro devia estar adormecido, apesar dos sons da chuva e das ondas na praia. Não lhe parecia possível que alguém dormisse com tanto barulho.

"Não é o barulho que não me deixa dormir", pensou. "É a minha cabeça que tá a mil... essa história do botão... E esse negócio do meu diário. Que droga, preciso comprar uma dessas agendas que têm chave."

Começou a planejar tudo o que faria nos dias seguintes. Esconder o diário no fundo da mochila; comprar um mapa da ilha; examinar melhor aquele botão; ficar longe das irmãs; evitar encontrar-se com Bernardo.

Bernardo...

"Não, ele não pode ter lido. Meu Deus, tomara que ele tenha dito a verdade! Não suporto pensar que alguém leu tudo o que eu escrevi ali..."

Fechou os olhos com força tentando mergulhar no sono, inutilmente. A chuva aumentara e ela não esquecia o olhar de repreensão que ele lhe lançara, dizendo estar cansado de levar pontapés.

— Bernardo... — murmurou sem querer, num bocejo.

Depois ocupou a mente em contar quantos pingos de chuva caíam sobre o teto do *trailer*. Um trovão mais forte a fez estremecer. Perdera a conta; recomeçou a contagem.

Joana acordou com o ruído de um trovão distante. Teve vontade de ir ao banheiro. Sonolenta, afastou a colcha e foi até a porta no intuito de abri-la, mas um trecho da conversa entre Carlo e Valmir congelou seu movimento. Ouvira falar em acidentes... Tentou abrir a porta sem fazer barulho, querendo ouvir mais.

— Vamos acabar arrumando pra nossa cabeça — dizia Valmir, com tom de insegurança na voz. — Não é *mió* esperar? Mais dia, menos dia, o *véio dá na casca*.

— Já te disse que não — firmou Carlo. — Se ele sofrer um acidente é melhor. O velho não tem testamento, quando morrer o dinheiro todo vai pra neta, e *todavida*... vai pra mim e pra ti! Eu te digo, vai dar certo.

O outro, porém, não parecia muito convencido.

— Olha que nós vamos passar trabalho, mestre Carlo.

— Já disse pra só me chamar de Camilo! O que é, agora? Vais amarelar? Valmir, raciocina: assim que o velho esticar as canelas, eu vou lá e me apresento pro advogado com a guria! Daí até pôr a mão na grana são dois toques.

— Não confio em *adeivogado*. É capaz de te mandar pra ir em cana.

— Deixa de ser tanso! O cara nem vai desconfiar. Te prepara, que vai ser do meu jeito. Já me ajeitei com o trabalho na oficina. Ninguém vai saber. A gente *aprecata* tudo lá...

— E puxa o *chimite*?

— *Chimite*? Tás doido, Valmir? Nada de arma. Tu vais é ficar de olho na guria enquanto eu arrumo a chave da oficina. Quando der jeito de botar a mão no carro do homem, aí eu chamo pra tu fazeres o serviço.

O outro pareceu de acordo.

— Bom, isso eu sei fazer.

— Vai por mim — sorriu o falso Camilo. — Depois de *arrumado o carro*, é só esperar. Eu dou uma desculpa, vou embora da oficina... e aí, sim, dá pra esperar. Qualquer dia ele vai topar com um areião na pista, uma curva perigosa, uma beira de precipício...

— E a gente se livra do seu Mendes e do João, aquele gorila!

— O *galego* é rijo, capaz de sobreviver, mas o velho... é bananeira que já deu cacho.

Joana, no quarto, recuou. Não entendera tudo o que falavam, mas reconhecera o nome do avô. Sentia que o assunto era sério. Voltou correndo para a cama e acabou tropeçando em algo no meio do caminho, provocando barulho.

— Que diabo foi isso? — indagou Carlo, alerta, olhando para a janela.

— *Naba*! É a guria, mestre! — disse Valmir. — Ela devia estar c'ouvido na porta!

Carlo correu para o quarto e abriu a porta com uma ombrada. Joana estava toda encolhida na cama, agarrada à colcha, os olhos muito arregalados e assustados.

— Que tás fazendo acordada a esta hora? — ele interrogou.

— Tive um pesadelo — respondeu prontamente a garota.

Carlo olhou-a de modo enviesado.

— Tá — respondeu, não muito convencido, porém. — Agora sossega e dorme.

A menina fechou os olhos, obediente. Carlo fechou a porta e olhou para o cúmplice.

— Ela sempre tem pesadelo — disse aquele. — Vai ver foi mesmo...

Mas o outro abanou a cabeça.

— Sei não. Melhor ficar de olho. Seguro morreu de velho! Valmir aquiesceu.
— Tu é quem sabes, mestre. A guria daqui não sai.
— É bom mesmo. Vamos dormir.
Apagou o fraco lampião e ficou olhando a chuva que batia na vidraça empoeirada.

Capítulo 8

A menina da fotografia

— É exatamente como você falou, Maya.
A garota sacudiu a cabeça para espantar os pensamentos. O pai estacionara o carro junto à praça em Santo Antônio, e a mãe olhava fascinada o casario antigo.
— O que você disse, mãe?
— O lugar é do jeitinho que você descreveu. Onde fica o tal restaurante das ostras?
Maya apontou para o boteco às margens da praia poluída. Viera para Santo Antônio sozinha com os pais, curiosos por experimentar as famosas ostras. Fora voluntária para acompanhá-los, não apenas para afastar-se da turma, mas também porque tencionava dar outra olhada na casa onde vira o vestido grená. Não fora difícil combinar tudo: Carmen e Toni haviam saído cedo com Rafa, Marcelo, Natália e Bernardo, para pegar praia na Joaquina; e não tinham feito questão nenhuma de sua companhia.
Raul, abraçado a Madalene, aproximou-se do boteco. Maya viu atrás do balcão improvisado o mesmo homem com quem conversara a respeito da casa para alugar. Ele

saudou-a com um movimento de cabeça e veio ajeitar uma mesa para os três. O pai pediu duas porções de ostras ao natural e, enquanto esperava, entabulou conversa com a mulher sobre o estado poluído da água da praia.

Aproveitando a discussão dos dois, Maya levantou-se e foi pedir um refrigerante no balcão. O homem ergueu suas grossas sobrancelhas e atendeu-a. Ela sorriu para ele.

— Achaste uma casa pra alugar? — perguntou ele.

— Na verdade, não era pra mim. Mas obrigada pelas sugestões.

— De nada. A gente tá aqui pra ajudar, né?

Novo sorriso da parte de Maya. Queria perguntar mais a respeito da casa, mas não sabia como. Para a sua surpresa, o homem chegou-se a ela e segredou:

— Parece que tinha mesmo gente naquela casa que tu viste.

Maya sentiu nova torção no estômago.

— A... aquela?

— Uma rapariga pequena. Naquele mesmo dia que tu me disseste que tinhas visto alguém lá. Coisa esquisita.

— Alguma criança da vizinhança, vai ver.

— Ou alma do outro mundo, quem sabe... — disse o homem, não muito convencido.

Maya estremeceu involuntariamente. Agradeceu num movimento com a cabeça, pegou o refrigerante e voltou para a mesa.

Após a refeição, os pais foram caminhar na praia e a garota afastou-se deles.

— Vou comprar sorvete na rua de cima — disse. — A gente se encontra na praça... Subiu a rua, mas, ao invés de ir para a esquerda, onde ficava a sorveteria, tomou o lado oposto. Procurando caminhar normalmente, dirigiu-se aos poucos na direção da casa misteriosa. Foi andando devagar pela calçada, sem olhar diretamente para o lugar.

Com calma, analisou a situação. Notou a pintura descascada, as poucas vidraças que não estavam quebradas sujas de pó, o varal vazio e ninguém no quintal tomado pelo mato. Maya estremeceu, lembrando-se das palavras do dono do boteco das ostras. Alma do outro mundo? Ela sentia que algo ia acontecer. *Queria* que algo acontecesse.

    Então, de repente, uma figura surgiu numa das janelas. Maya viu-lhe o rosto, aparecendo através de uma vidraça de onde o vidro caíra. Uma menina franzina, cabelos curtos. Lembrou-lhe imediatamente a fotografia que vira na carteira do velho.

    Olhou ao redor amedrontada, conferindo a rua deserta. E, ao retornar o olhar para a casa, nada mais viu. A janela com a vidraça caída estava vazia, e a construção continuava com a mesma aparência de abandonada. Teria sido sua imaginação?

Deu meia-volta e apressadamente seguiu para a praia. Alcançou seus pais com um desejo quase irresistível de gritar, espernear, rir, chorar, desabafar!

Madalene olhou para ela com ar curioso e perguntou:

— Não comprou sorvete?

Maya assumiu sua infalível máscara de indiferença, que escondia automaticamente o que pensava e sentia.

— Não tinha o sabor que eu queria — mentiu.

E passou à frente deles, os olhos fixos no mar. Não queria olhar para trás. Tinha medo de que nada do que vira fosse real; porém aos poucos o cheiro da praia e o ruído das ondinhas lhe trouxeram de volta o senso de realidade.

— Vamos, filha! — chamou Raul, já voltando para o carro.

Maya virou-se para seguir os pais, e olhou o casario além da praça. Viu apenas o telhado da casinha. E, sem saber por que, teve certeza de que tudo era verdade.

Havia, sim, gente escondida lá. Havia uma menina que tivera seu vestido pendurado no varal. E ela se parecia, muito, com a falecida neta do velho que morava em Sambaqui.

As duas tinham um vestido grená, da exata cor do botão que ela encontrara.

No trajeto de volta ao *camping* Maya permaneceu pensativa. Somente ao notar algo estranho na estrada pareceu lembrar-se de que estava na companhia dos pais.

— Este não é o caminho pro Rio Vermelho! — disse.

Madalene suspirou.

— Acorde, Maya! Expliquei três vezes que vamos passar no centro pra fazer compras...

A garota assentiu, distraída.

— Ah, é.

O centro de Florianópolis era um grande e movimentado aglomerado de pessoas, no contínuo vaivém do dia a dia. Prédios altos misturados a casinhas antigas denunciavam o súbito e descontrolado investimento imobiliário e comercial que tomava conta da ilha.

Em meio a camelódromos e centros comerciais, pessoas dos mais variados estilos e níveis sociais cuidavam da sobrevivência.

Raul guiou alguns minutos parecendo sem rumo pelas ruas estreitas, em busca de um bom lugar para estacionar. Afinal encontraram um local próximo ao centro comercial.

— Sua mãe e eu vamos fazer compras ali — o pai falou, apontando a rua em frente. — Você vem junto ou prefere ficar no carro?

Maya não estava com a mínima vontade de olhar vitrinas. Deu a entender que ficaria no carro, e Raul lhe entregou a chave. Com os dois afastando-se, ela passou para o banco dianteiro e ligou o rádio. Ficou ouvindo música e olhando o movimento intenso na rua. Bastante tempo havia se passado quando a placa de uma loja de roupas infantis, do outro lado da rua, chamou sua atenção.

Segredos...

Uma onda de agitação cresceu dentro dela. Aquilo era tão incrível que não podia ser coincidência: a marca da placa, "Segredos", era igual à inscrição gravada no botão grená!

Afobada, saiu do carro, batendo a porta com força; andou um pouco, parou, voltou para trancar a porta do carro e então correu até a loja, desviando da enorme quantidade de gente que circulava por ali. Na porta, estacou. Olhando as balconistas, perguntava-se como se informaria a respeito de um vestido que vira numa fotografia. Quando a atendente veio indagar se podia ajudar, a estranha pergunta acabou escapulindo da boca de Maya:

— Vocês têm algum vestido pra menina de cor grená? — ela indagou, entrando.

A atendente se mostrou confusa.

— Um vestido de menina? Pra você?

— Não é pra mim. A cor é grená — repetiu Maya. — Aquele cor-de-rosa forte...

— Só um instante — voltou-se para outra moça que arrumava umas roupas. — Ô Suely, a gente tem vestido infantil, em grená?

Depois de uma olhada displicente às prateleiras, a tal Suely respondeu que não havia no estoque vestidos daquela cor. Não era mais a cor da moda.

— Mas vocês vendiam vestidos dessa cor, algum tempo atrás? — insistiu Maya. — Com botões que tinham a marca "Segredos" gravada?

— A gente deve ter vendido, sim. Ano passado ou retrasado.

— E será que... — Maya pensava furiosamente. — Será que não sobrou nenhum vestido desses por aí, nas pontas de estoque?

Uma das atendentes fez sinal para uma senhora que estava sentada nos fundos da loja, provavelmente a gerente. A mulher levantou-se e aproximou-se. Maya repetiu a arenga, enquanto ela ouvia com paciência, atenta.

— Olha — respondeu ela —, nós vendíamos vários estilos de vestido nessa cor há mais de um ano. E quase todos os nossos modelos levam os botões com a *griffe* "Segredos". Mas não temos nenhum sobrando, já saíram de linha.
A garota pareceu desapontada.
— Sei... É que eu vi a foto de uma conhecida minha usando um vestido assim, curto, acinturado, com três botões no decote. E queria saber se foi comprado aqui...
A gerente pareceu rememorar algo e remexeu numas revistas sob o balcão.
— Espera aí... acho que me lembro desse vestido.
Estendeu para Maya uma maltratada revista de moda, já sem capa. Na página a garota viu algumas modelos infantis usando roupas da *griffe* "Segredos". Um deles era a exata cópia do vestido que a neta do velho de Sambaqui usava na foto. Podia ser o mesmo que vira pendurado no varal em Santo Antônio, mas a distância não lhe permitira ver os detalhes. Os botões, contudo, eram iguais ao que ela encontrara na praia.
— É este mesmo... — disse, um tanto melancólica, pensando na menina morta. — Suponho que esses vestidos só eram vendidos nesta loja. Ou não?
A mulher concordou.
— Nossos modelos são exclusivos. Agora temos uma filial no *shopping*, mas no ano passado ainda não tínhamos. O vestido que tu viste deve ter sido comprado aqui mesmo. Nossos clientes são muito fiéis, sabe. Fazemos atendimento personalizado!
Um brilho de interesse faiscou nos olhos da garota.
— A senhora deve se lembrar dessa menina da fotografia, então... ela teria, hoje, quase nove anos. O nome era Joana. Ela sofreu um desastre de carro.
Um olhar de pena nublou os olhos da gerente da loja.
— Mas claro, quem não se lembra? A menina de dona Marta. Coitada, era nossa cliente desde que a garotinha

nasceu. Uma mulher de classe, sempre pagava à vista. Faz mais de um ano... Morreram as duas, mãe e filha, no acidente. Deu em todos os jornais, até na TV: o carro explodiu, foi uma coisa horrível!

Maya não soube por quê, mas um desânimo a invadiu. Aquele botão jogado na praia lhe parecia, agora, uma dessas caixas de surpresas que, ao serem abertas, revela outra caixa, que contém outra, e outra, e outra... De uma coisa insignificante desvendara, passo a passo, toda uma tragédia: o velho avô deprimido, uma mulher chamada Marta e a garotinha mortas num desastre. E outra menina, muito parecida com aquela, assombrando uma casa vazia. Sentiu um estremecimento e os olhos úmidos.

A gerente olhou-a, penalizada.

— Tu és amiga da família?

A garota demorou a responder.

— Mais ou menos. Bom... obrigada pelas informações.

— De nada — retrucou a mulher, olhando feio para as balconistas, que riam disfarçadamente, achando que Maya tinha um parafuso a menos.

Ela saiu da loja um tanto zonza. Perambulou lentamente na direção errada, até que trombou com um homem alto, que a segurou pelos ombros e exclamou:

— Ah! Aí está você!

O pai de Maya levou-a pelo braço até o carro, onde a mãe esperava, nervosa. Raul estava furioso.

— Isso é coisa que se faça? Sumir desse jeito, numa cidade estranha? Se queria sair, por que não foi conosco? E como se não bastasse, ainda me deixa o rádio ligado! Gastando bateria à toa! Cadê a maldita chave?

Maya, ainda distraída, entregou-lhe as chaves sem dizer nada. Madalene abraçou-a.

— Minha filha, que foi que deu em você?

— Nada, mãe.

— E a gente procurando por ela feito dois malucos. Não sabe que a criminalidade aumenta de ano a ano, nesta cidade? Eu não sei se a abraço ou dou-lhe uma surra! — resmungava o pai, enquanto abria a porta e empurrava a filha para o banco traseiro.

Madalene entrou e puxou o cinto de segurança, dizendo:

— Ficamos preocupados, mas graças a Deus não aconteceu nada.

— Com essa gentarada pelas ruas, sei lá o que podia ter acontecido! Ela andava na calçada parecendo um zumbi... e ainda ia pro lado errado!

— Desculpem — sussurrou Maya. — Fui olhar uma loja e acho que perdi o rumo.

— Amanhã — continuou Raul, ligando o carro — você vai ficar no *camping*. Lá, pelo menos, não vai se perder.

— Mas, querido, amanhã nós não íamos conhecer aquele casal de amigos do Jorge? — objetou a mãe, com voz suave. — Combinamos ir todos ao churrasco na casa deles.

— Ela não vai! — decretou Raul. — Depois do nervoso que me fez passar, é melhor ficar no *trailer*. E estou cansado das discussões dela com as irmãs e com o filho do Jorge.

Maya torceu o nariz ao ouvir falar em Bernardo e enfiou a cara no vidro do carro. Achava-se bem grandinha para que o pai a deixasse de castigo, mas, pensando bem, livrar-se de almoçar outra vez com Toni, Carmen e ele não era castigo: era recompensa. Engoliu a bronca e tentou pensar noutra coisa.

Madalene abriu a boca para defender a filha, porém um olhar para o banco de trás a fez calar-se. Percebera que Maya preferiria ficar sozinha. Pelo bem da harmonia familiar, talvez fosse a melhor solução; falaria a favor dela quando Raul se acalmasse.

O carro agora seguia para o Norte da ilha, de onde rumaria para o Rio Vermelho.

Capítulo 9

Suspeitas e subterfúgios

Toni e Carmen só foram saber do castigo de Maya no dia seguinte, quando, no café da manhã, Raul anunciou que em uma hora sairiam com Jorge para visitar os tais amigos, em cuja casa haveria o churrasco.

Nenhuma das duas se animou a perguntar o porquê da permanência da irmã no *camping*, pois Maya e o pai estavam emburrados um com o outro. Afinal, quando Raul deixou a mesa do café e Maya voltou ao *trailer*, Madalene descreveu de leve o que havia se passado na tarde anterior.

— Eu disse que a Maya precisa voltar pra terapia — comentou Carmen assim que a mãe deixou a mesa também.

— Ela anda esquisita pra lá da conta.

— Mas deixar a coitada enfurnada neste deserto é sacanagem — rebateu Toni, mergulhando os dentes num enorme pão doce. — Os meninos foram surfar, e pelo que o pai disse, depois do churrasco a gente vai fazer um passeio com o tal pessoal.

A irmã balançou os ombros.

— Sacanagem nada. Essa nossa irmã tá é querendo ficar sozinha aqui. Vai ver, se apaixonou por um *gato*, e quer ficar sozinha com ele. Aí deu um jeito de ficar de castigo...

— Será? Puxa, valia a pena uma de nós ficar vigiando pra ver se é verdade.

— E perder o passeio? Eu não. Mais fácil era a gente olhar o diário dela, Toni.

— Mamãe acaba com a gente se fizermos isso.

— Ela não precisa saber, ora bolas. E depois, não vamos ler o diário da Maya por curiosidade, é por preocupação, pelo bem dela. Pra entender o que tá acontecendo!

— Bom, se é assim, eu concordo — apoiou a irmã.

Terminando de comer, as duas irmãs saíram do restaurante. Como estivessem sentadas atrás de duas colunas, não notaram que, no terraço ao lado, Bernardo tomava café com o pai. E muito menos que o rapaz, alheio ao que Jorge dizia, parecia ter escutado toda a conversa delas. Por mais que não quisesse, Bernardo tinha de admitir: estava cada vez mais arrependido por não ter lido o diário quando o tivera em mãos.

Pouco depois, Bernardo separou-se do pai e foi para a área de *trailers*, pensando em alguma fórmula segura para iniciar uma conversa e arrancar de Maya o motivo de seu comportamento estranho. Antes de chegar lá, porém, ele a avistou andando de modo decidido em direção a uma moça que saía dos banheiros, carregando dois imensos sacos de lixo azuis. Viu quando as duas começaram a conversar, uma como quem pede e a outra como quem dá informações.

Sorrateiramente, aproximou-se do lugar e acocorou-se junto a um arbusto, de forma a escutar a conversa sem ser visto.

— É um ônibus só — dizia a moça ilhoa que trabalhava como faxineira no *camping*. — Santo Antônio fica antes de Sambaqui, mas vai tudo pelo mesmo caminho.

— E onde eu pego esse ônibus? — perguntou Maya.

— Aqui ele não passa. Pra pegar o Sambaqui, que é o nome do ônibus, tu tens primeiro de pegar o Rio Vermelho — a moça pensou um pouco. — Vais passar perto do posto da polícia, que tá cheio de carro amassado, não tem? Aí tu perguntas pro cobrador onde é que se desce pra ir a Santo Antônio. Quando ele te mostrar, tu puxas a cordinha e vais descer na frente de um monte de bar. Tem um restaurante grande ali, o Restaurante do Chico. Tem também uma estradinha de barro que passa na frente do restaurante, tu vais ver.

Maya fez cara de desespero, mas a faxineira não parava de falar.

— Fica tranquila, que tu vês a estradinha. Aí tu segues

todavida até chegar num asfalto. Tem um ponto de ônibus ali, mas não é esse, tens de atravessar do outro lado do asfalto. Não vais ver ponto nenhum, mas é só ficar na frente de uma casa que tem daquele lado e esperar. É só o Sambaqui passar, que ele para se fizeres sinal. Entendeste?

Maya demorou para responder um vacilante "acho que sim", mas, ao perceber que a solícita moça ia explicar tudo de novo, respondeu um "entendi, sim" bem firme, partindo para outra pergunta que, supunha ela, era mais simples:

— E onde eu pego o Rio Vermelho?

— Saindo do *camping*, tu andas um pouquinho pra esquerda e dali já vês o ponto. Não tem necessidade de atravessar a rua, é nesta mão mesmo.

Maya agradeceu e foi seguindo de volta a seu trailer.

— Bernardo!

O rapaz virou-se para a direção de onde vinha a voz e avistou o pai procurando-o. Preocupado que Maya pudesse tê-lo visto, procurou-a com o olhar, mas ela já havia sumido. Levantou-se e foi encontrar Jorge, que estava chegando perto.

— Que diabos você estava fazendo acocorado ali? — perguntou o pai.

Bernardo então teve uma súbita ideia e, num impulso, resmungou:

—Tou com uma baita dor no estômago — disse, fazendo uma careta.

Jorge preocupou-se.

— Será que foi o presunto? Já falei que comer presunto no café da manhã é pedir para ter uma disenteria.

— Não sei, pai. Só que acho que não vai dar pra ir a esse churrasco hoje, não.

— Como, não? A gente passa numa farmácia e arranja um remédio.

— Não adianta. Esses remédios curam uma coisa e pioram outra... Depois, não posso nem pensar em comer carne.

Jorge, que depois de enviuvar superprotegia o filho, pareceu decepcionado.

— Venha, eu explico sua indisposição pra Teresa e quem sabe ela te prepara um chá.

— Sei lá, pai, prefiro ficar aqui. Não tou mesmo legal...

— O pior é que não posso ficar com você. Além do Ciro e a Teresa estarem nos esperando, o Raul e a Madalene vão junto... isso é mesmo muito desagradável. Tem certeza de que vai ficar bem sozinho?

— Eu sei me cuidar.

— Mas não vá à praia. Nada de surfar nesse estado! E, se piorar, ligue pra casa do Ciro. Vou deixar o celular com você.

Bernardo não estava acostumado a enganar o pai, mas sua curiosidade em saber no que Maya estava metida aumentara depois de ouvir a conversa das irmãs. Assegurou a Jorge que podia ir ao churrasco com os outros, pois ele passaria o dia no *camping* descansando, lendo alguma coisa e no máximo batendo papo com a turma.

Ainda fingindo dor e andando vagarosamente, o rapaz foi para o *trailer*. Entrou e colocou-se junto à janela, observando tudo. Logo mais viu que Jorge e os pais de Maya se preparavam para sair.

O carro de seu pai saiu na frente, seguido pelo de Raul. Quando passaram na rua em frente ao *trailer*, ele ainda ouviu a voz de Carmen resmungando.

— Mas cadê o Bernardo? O seu Jorge tá sozinho!

Os dois veículos deixaram a área de acampamento e Bernardo não pôde evitar de rir, pensando na decepção das irmãs de Maya ao serem informadas de sua "dor de estômago". Em seguida tratou de fixar o olhar no outro *trailer*, ansioso para ver o que a garota, que ficara lá dentro, faria.

Não precisou esperar muito. Nem meia hora se havia passado quando Maya saiu do *trailer*, fechou-o e seguiu disfarçadamente para a saída do *camping*. Bernardo sorriu para si mesmo e pôs em ação o plano que arquitetara enquanto esperava.

"Agora", pensou, "vamos ver o que ela vai aprontar".

Capítulo
10

Um estranho mal-encarado usando óculos escuros, blusão de couro e boné "I love New York"

Como naquela manhã o sol teimava em ficar escondido atrás das nuvens, Maya vestira um blusão *jeans*. Carregava uma sacola de tamanho razoável a tiracolo.

Após olhar ao redor, certificando-se de que nenhum conhecido a vira sair, seguiu na direção que a faxineira indicara. A poucos metros havia uma lojinha de artigos para turistas; a garota entrou lá e demorou-se alguns minutos. Ao sair levava um volume embrulhado que jogou, de qualquer jeito, na sacola. Somente então dirigiu-se para o ponto de ônibus e ficou a esperar pela passagem do Rio Vermelho.

Tão logo ela saíra da lojinha, um rapaz alto usando blusão de couro, óculos escuros e um boné com os dizeres *I love New York* entrou ali e perguntou o que "aquela garota de jeans" comprara. A balconista estendeu-lhe um mapa de Florianópolis.

— Vou levar um também — ele disse, olhando o mapa com ar de estranhamento.

Pagou o artigo com pressa e, antes de sair da loja, conferiu o ponto de ônibus. Havia mais umas quatro pessoas, além de Maya, paradas ali.

Bernardo colocou o mapa no bolso interno do blusão de couro e fechou o zíper. Ajeitou o boné que escondia seus cabelos, empurrou os óculos para o alto do nariz e foi para o ponto, tendo o cuidado de ficar atrás dos desconhecidos, para que ela não o visse.

A precaução era desnecessária. A garota nem sonhava que alguém a estivesse seguindo. Tirara o mapa da sacola e estudava-o atentamente. Não havia ali indicação do posto policial de que a faxineira falara, mas mostrava a estrada geral que ia para Santo Antônio de Lisboa e contornava a praia, indo em direção a Sambaqui.

    Depois de alguns minutos que pareceram intermináveis a Bernardo, o ônibus esperado se aproximou. Maya fez o sinal e, para sorte do perseguidor, as outras quatro pessoas também se prepararam para embarcar no veículo. O rapaz entrou atrás de todos, apertando-se num canto e aproveitando a lotação para ficar de olho na garota.

    O trajeto do ônibus foi longo. Maya não parecia se

importar com a superlotação; ao pagar a passagem perguntou algo ao cobrador e foi postar-se junto a uma janela; conferia os locais por onde passavam e procurava-os no mapa. Já Bernardo resmungava entre os dentes contra o desconforto. Numa curva foi empurrado para a frente e esbarrou nela. Retraiu-se, percebendo que a garota o vira, mas, graças ao boné enfiado na cara, não o reconhecera.

— Gente sem educação — ela resmungou após o esbarrão. O rapaz passou por ela e acomodou-se em outro canto, levantando mais ainda a gola do blusão que ajudava o boné a esconder seus cabelos longos.

Por fim, passado o posto policial, o cobrador fez sinal a Maya de que ela deveria descer no próximo ponto. Bernardo notou o aceno e encolheu-se ao máximo; ela se afastou em direção à porta. Desviando-se das pessoas e sem querer pisando em alguns pés, ele a seguiu. O ônibus parou, Maya saltou e por pouco Bernardo não segue viagem, perdendo um bom tempo ao tentar passar por uma senhora carregada de sacolas em seu caminho.

Maya logo encontrou o tal restaurante e a estradinha que a mulher citara. Em poucos minutos chegou à estrada asfaltada. Aliviada, avistou o ponto que, segundo a faxineira, não lhe serviria; atravessou a rua calmamente e plantou-se diante de uma casa, mais ou menos na mesma direção do ponto do outro lado da estrada, à espera da outra condução.

Bernardo, que a seguia de longe, não soube o que fazer. Somente Maya estava à espera ali, e não havia nenhum local onde esconder-se. Parou junto ao muro de uma casa, na esquina de onde tinham vindo.

Quando, quase vinte minutos depois, o ônibus "Sambaqui" apareceu, Maya fez sinal com a mão e Bernardo afobou-se. Esperando que ela não prestasse atenção nele, atravessou a rua correndo e quase foi atropelado por um carro que vinha na direção contrária. Ofegante, alcançou o coletivo, que já estava saindo.

Aproximou-se do cobrador, vendo que a garota já pagara

a passagem e se sentara bem adiante. Um olhar dela em sua direção o fez sentar-se no primeiro lugar vago que encontrou e abaixar a cabeça, imaginando se ela vira seu rosto.

Maya percebera, de relance, que o sujeito de blusão de couro, óculos escuros e boné com os dizeres *I love New York* estivera na estrada do Rio Vermelho e embarcara no mesmo ônibus que ela. Não o reconheceu, mas ficou desconfiada. Lembrou-se dos comentários que ouvira sobre a criminalidade crescente na ilha, com tráfico de drogas e estupros.

"Só faltava um tarado me agarrar!", pensou, entre assustada e divertida.

A ameaça de um assalto não a preocupava tanto quanto a reação dos pais, se algo acontecesse e ela não voltasse antes deles para o *camping*. Um outro olhar ao rapaz a tranquilizou. Ele parecia ocupado em amarrar os cordões do tênis e, embora lhe parecesse familiar, ela tratou de concentrar-se no caminho, com medo de não conseguir orientar-se.

Viu quando passaram por Santo Antônio. Depois manteve-se de olho na janela, esperando a aproximação de Sambaqui. Afinal reconheceu lugares onde já estivera. Sabendo exatamente como chegar à casa onde conversara com o velho, Maya levantou-se, puxou a cordinha e logo desceu. Bernardo desta vez esperou para descer no ponto seguinte, mantendo na memória a direção em que ela seguira.

O ponto não era muito distante; ele desceu apressado, correndo para a rua onde Maya ficara. Ao cruzar a esquina viu-a ao longe, mas para seu desespero notou que ela também o vira. E recuara.

A garota já havia esquecido completamente o estranho do blusão de couro. Ao vê-lo dobrar a esquina e parar, teve a súbita certeza de que estava sendo seguida. Um calafrio percorreu sua espinha, e uma desconhecida sensação de medo a invadiu.

"E agora?", pensou, não conseguindo raciocinar direito. Fosse qual fosse o motivo daquele sujeito mal-encarado estar atrás dela, não podia perder tempo. Sem pensar, avistou um restaurante abarrotado de turistas e entrou ali mesmo, indo para os fundos. Viu uma placa que indicava o banheiro feminino e sumiu num corredor estreito, ignorando os garçons que apareceram perguntando-lhe se desejava uma mesa.

Entrou no reservado e fechou a porta, o coração batendo com muita força.

"Será que é mesmo um tarado?", pensou, tentando concatenar as ideias.

Com um suspiro, Maya admitiu para si mesma que talvez devesse ter ficado quieta em seu canto. Por que sair investigando se a garotinha da casa abandonada era a mesma da fotografia? Segundo o velho e a mulher da loja, a menina do vestido grená morrera num acidente. Por que, no fundo de sua mente, acreditara que ela estaria viva, e que o botão encontrado na praia viera de seu vestido? Pensando friamente, nada daquilo tinha lógica. Ela estava agindo feito louca, como diriam as irmãs, baseada apenas numa intuição.

"Bom, já que vim até aqui não vou desistir", decidiu. "Vou para a casa do homem."

Deixou o banheiro e olhou pelo corredor. Não havia nem sinal do desconhecido, mas ela não quis arriscar-se a voltar para a rua. Retornou ao salão do restaurante e, vendo um garçom que a olhava, perguntou, apontando a porta:

— Tem alguma saída daqui, além daquela?

O rapaz olhou-a com estranheza, mas respondeu.

— Tem a porta da cozinha, nos fundos, mas é proibida pra...

Maya não esperou que ele terminasse de falar. Vira a entrada da cozinha logo ao lado, e rapidamente enveredou por ali. Com o garçom em seu encalço berrando alguma coisa, ela atravessou um mar de panelas, pilhas de pratos, cozinheiros, geladeiras e fumaça de frituras. Viu ao fundo a porta de saída e atirou-se por ela, ignorando tudo o mais.

Saiu numa ruazinha estreita, totalmente deserta, e olhou ao redor. Tinha apenas de contornar dois quarteirões e estaria perto da praia, junto à simpática casa do velhinho. Valeria a pena fazer um caminho mais longo e enganar o perseguidor misterioso. Com um sorriso para si mesma, pôs-se a caminho.

Capítulo
11

Um empregado falador e uma empregada silenciosa

A hora do almoço se aproximava quando o carro verde metálico estacionou em frente a uma oficina mecânica, no caminho para o centro de Florianópolis. Um homem alto e louro saiu do carro e acenou para o encarregado da oficina.

— Dia, João — disse o que fora chamado, aproximando-se.
— Dia, Ademir. Como é que anda o serviço? Muita coisa?
— Mais ou menos. Por que, algum problema com o carro do seu Mendes?

O motorista sacudiu os ombros, displicente.

— Nada de mais, só um barulhinho no motor. Dei uma olhada e não vi nada solto... Mas tu conheces meu patrão. Já que falta pouco pra revisão, ele tá querendo dar uma olhada geral no carro agora.

O responsável pela oficina coçou a cabeça.

— Agora, agora, vai ser difícil. Tá cheio de serviço esta semana. Já a partir de segunda-feira tu podes trazer o carro sossegado.

— Vou avisar o patrão e te ligo pra confirmar.
— Até segunda, então.

João olhou desconfiado para um cubículo ao lado da oficina ampla, onde uma pilha de pneus impedia a visão completa. Dois homens, com macacões e bonés sujos de graxa, estavam ocupados carregando para dentro um enorme pneu de caminhão.

— Estás ficando rico, Ademir. Cheio de funcionário novo!

O outro riu.

— Quem me dera! Empregado na borracharia não para.

Quase todo mês tenho de arrumar gente nova. Esta semana começou um tal de Mané. Meio devagar... não acho que vai durar muito aqui.

João voltou para o carro com a testa franzida. Parecia-lhe conhecer um daqueles homens, mas não conseguia lembrar-se de onde. De qualquer forma, não era fácil reconhecer alguém por sob toda aquela graxa. Suspirou e deu a partida.

Assim que o carro verde metálico subiu a rua, um dos sujeitos em questão deixou a borracharia, acompanhando o veículo com o olhar, esboçando um sorriso maldoso.

— Valeu a pena pagar pela informação. É aqui mesmo que eles trazem o carro, e deve estar na época da revisão — resmungou entre os dentes.

— Ei, Mané! Chega até aqui!

Ainda olhando a esquina onde o carro verde metálico sumira, o homem não se mexeu, como se aquilo não fosse com ele. O encarregado, que o chamara, aproximou-se.

— Não me ouviste chamar, Mané? Ou será que teu nome não é esse?

O outro mudou completamente a expressão e tirou o boné servilmente.

— Que é isso, seu Ademir. Manoel Antônio, é o meu nome. Eu só tava um pouco distraído.

— Sabes que é teu terceiro dia de serviço, e é a segunda vez que chegas atrasado?

— Perdi o ônibus — desculpou-se o homem, com ar sonso.

— Perdesse o ônibus, perdesse o ônibus... — resmungou Ademir, mal-humorado.

— Eu fico até mais tarde pra compensar — retrucou o funcionário. Depois, mudando de assunto, comentou: — Baita carrão aquele que parou aqui agora há pouco.

— É o do seu Mendes — respondeu o encarregado.

— Um figurão que mora lá em Sambaqui.

— Ah... lugar bonito, Sambaqui.

Não houve resposta. Antes que seu chefe voltasse ao escritório da oficina, o homem voltou à carga:

— Ele vem sempre?
— Quem?
— Esse Mendes.
— Ele, não. Quase nunca vemos a cara do homem. Quem vem é o motorista dele, o João. Deixa o carro pra revisão, traz os pagamentos, tudo certinho. Gente fina, o João.
— Ahn... E ele vai trazer o carro pra revisão estes dias? Ademir olhou-o, as sobrancelhas cerradas.
— Tás muito perguntador, hoje.
— Só tou puxando conversa, ué. Que mal faz?
Um rapaz veio da oficina e mostrou uma pilha de papéis ao chefe.
— Ficou pronta a papelada do seguro do Fiat branco, seu Ademir.
— Até que enfim — disse aquele, examinando de leve os papéis. — Assim a gente despacha logo essa funilaria. Fala pro Josemar tocar a pintura do Fiat. Ah, e avisa ele que o seu Mendes vai mandar o carro pra revisão na segunda.
O borracheiro principiante, que não perdia uma palavra, assentiu com a cabeça ao ouvir aquilo. O encarregado olhou-o.
— Mas ainda estás aqui, Mané? Vai cuidar da vida, homem. O Tico tá sozinho na borracharia...
— Sim, senhor.
Porém, ao voltar ao cubículo, o funcionário falador não foi ajudar o outro, que procurava furos na câmara do pneu de caminhão. Foi remexer na caixa de ferramentas, sem parar de resmungar.
— Segunda-feira... Só mais uns dias. Só mais uns dias...
— Falando sozinho, Mané? — berrou o outro. — Vem logo me ajudar, caramba!
O homem fechou a carranca, mas foi.
— Já vou indo, Tico.
Enquanto ajudava o rapaz a consertar os furos com borracha quente, resolveu que, quando ficasse rico, compraria aquela oficina só para ter o gosto de despedir todo mundo.

A velha casa de beiradas negras parecia cinzenta naquela manhã sem sol.

Apenas os resmungos do velho quebravam o silêncio completo.

— O João está demorando demais — reclamava ele.

— Ainda preciso ir a Ratones resolver um negócio e ele não me trouxe o carro.

— O senhor sabe como é que fica o trânsito no verão. Devia esperar passar a temporada pra mandar o carro na oficina.

— Não me *atenta*, Zeli. Eu sei o que faço. Enquanto aquele estiver na revisão, eu uso o outro carro. Mas por que o João não chega?!

— Em vez de rezingar, toma o suco que eu preparei. Vai, é pra ficares mais forte.

— Não quero suco nenhum, Zeli. Pois se estou bem!

— Bem, é? *Dijaoje* ouvi o senhor reclamando de dor no peito. Toma, anda!

— Pois a senhorita está é ficando surda! Não reclamei de dor nenhuma.

— Pensas que me enganas? Surda está é a madeira desta mesa — respondeu a moça, batendo com o nó dos dedos na madeira polida. — Este meu ouvido escuta inté o que o vento traz! Toma essa birosca deste suco, ou o senhor quer que eu enfie pela goela?

Mendes, ainda resmungando, pegou o copo e tomou o suco, contrafeito.

— *Assussega* que daqui a pouco o João chega — consolou-o Zeli. — Vou recolher a roupa do varal, por que não descansa um pouco?

Sem responder, a passinhos miúdos, o patrão recolheu-se ao gabinete, e a empregada, tomando um cesto, saiu resmungando para o quintal.

— Ô homem teimoso! Desse jeito não vai durar nada.

Pôs o cesto no chão e começou a recolher a roupa lavada, cantarolando uma música dos tempos da sua avó.

Não reparou de imediato que uma garota desconhecida, atraída pelo som de sua voz, contornava o muro e parava na calçada, observando-a.

Maya olhou para todos os lados, certificando-se de que o tipo mal-encarado não a seguia. Inspirou forte. Não, não havia nenhuma alma por perto.

Voltou o olhar para a mulher que guardava a roupa seca, perguntando-se como entabularia uma conversa. Apoiou os cotovelos no murinho.

Ao arrancar um lençol, Zeli percebeu a garota junto ao muro. Fechando a cara, encarou-a de modo ressabiado.

— Oi — fez Maya, timidamente.

Zeli, expressão dura, tronco ereto, o lençol dobrado nos braços, não emitiu resposta.

— Sabe... eu conversei com o... dono desta casa, outro dia.

Zeli pôs o lençol no cesto e continuou recolhendo a roupa.

— Ele me contou... e eu fiquei com muita pena... aquela história da neta dele que morreu. Num acidente, não foi? Ela e a mãe dela.

— Quem és? — perguntou Zeli, afinal, embora ríspida.

— Meu nome é Maya — respondeu prontamente a garota. — Sou paulista e estou passando uma temporada aqui. Quero dizer, no Rio Vermelho. A ilha é toda muito bonita.

— *Qués* o quê?

— Só vim pra saber se o velhinho está bem.

— Ele tá ótimo.

— Eu... poderia falar com ele?

— Pode não, moça.

— Por que não?

— Seu Mendes tá descansando. E não gosta de ser incomodado. Volta outro dia, quem sabe consegues falar com ele.

Zeli terminou de dobrar as peças e ergueu a cesta do chão. Maya, nervosa, fez a pergunta de supetão, no melhor estilo "vamos ver no que dá":

— Seria possível a Joana... a neta dele... estar viva? Ter

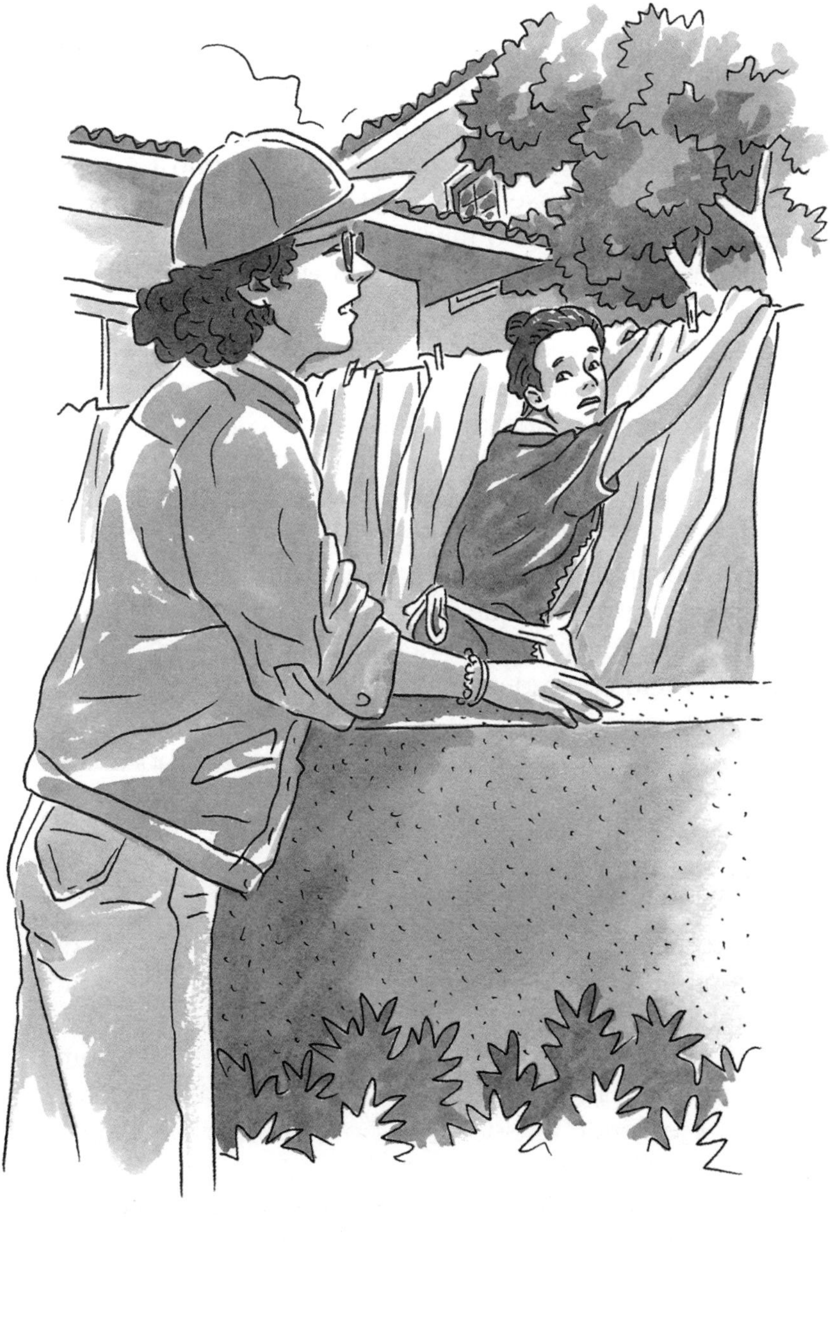

escapado do acidente?

A mulher voltou o olhar para ela, espantada. Ponderou um pouco e falou:

— Escuta aqui, moça, não sei quem tu és nem por que resolvestes me atazanar a vida, mas é bom te chispares pra longe. Não gosto que brinquem com os nossos mortos.

— Não tou brincando, juro! — defendeu-se Maya.

— Eu só queria saber se, por acaso, não podia ter acontecido algum engano.

— Acho difícil. Mas isso não é mesmo da tua conta. Bom-dia, guria.

Zeli encaminhou-se para a porta dos fundos da casa e Maya, que não queria perder a oportunidade, perguntou:

— Tá ficando quente... Será que eu podia beber um copo d'água?

— Viestes pra me *istrovar*, né? — grunhiu Zeli. E fazendo um movimento com a cabeça, acrescentou: — Entra.

A garota pulou o murinho e correu atrás da empregada, que já entrara pela porta da cozinha. Logo que, ofegante pela corrida, Maya passou pelo batente da porta, topou com um copo cheio de água oferecido de maneira pouco gentil pela moça.

Maya agradeceu, pegou o copo e levou-o à boca. Resmungando qualquer coisa, Zeli desapareceu com a cesta de roupas num quartinho contíguo. A garota não perdeu tempo: atravessou o corredor correndo, pedindo aos céus que desse num lugar esclarecedor.

E foi atendida. Parou na sala e avistou, maravilhada, vários porta-retratos com fotografias de uma moça e uma garotinha; provavelmente a filha e a neta de seu Mendes. Não dispunha de tempo para hesitações; percebeu uma foto em que a menina usava o vestido grená, apoderou-se dela e escondeu-a sob o blusão. Voou para a cozinha, terminando de beber a água.

Chegou segundos antes de Zeli tornar a aparecer. Mal conseguindo controlar a respiração, agradeceu a água, despediu-se e saiu para o quintal. Pulou o muro de volta à rua, com um sorriso melancólico.

"Estou me saindo bem como detetive", pensou. "Fugi do mal-encarado, consegui um indício pras investigações... agora preciso rever a casa de Santo Antônio."

Seguiu para uma rua deserta mais atrás; sentou-se num murinho baixo e, depois de ter certeza de que ninguém a observava, tirou o diário da mochila e anotou numa página:

Seu Mendes. Sambaqui. Casa de esquina, estilo açoriano.

Dentro da casa, com uma carranca mal-humorada, Zeli bufou. Lavou o copo e pensou, ressabiada, no que a estranha lhe dissera.

Seria possível Joana ter sobrevivido ao acidente? Para sua irritação, a lembrança do outro dia, em que o patrão tivera aquele sonho, voltou-lhe à mente.

"Ela parecia mais velha no sonho. Com o cabelo curtinho, feito minha filha usava quando tinha essa idade. E ela disse: vovô, vem me buscar. Eu vi, Zeli! Será um aviso?"

A moça sacudiu a cabeça, como quem tenta espantar os pensamentos. Não era a primeira vez que pensava no acidente, achando que alguma coisa não estava bem contada. E agora uma garota estranha aparecia com aquela conversa...

Um aviso?

Ouviu a porta da frente bater e foi até a sala. João, o motorista e segurança, chegara.

— Té que enfim, João. Seu Mendes já tava preocupado com a demora. Que foi?

O homem louro suspirou.

— O trânsito na estrada. Droga de temporada...

— E o carro? Não deixaste lá?

— Não, o Ademir falou pra levar só na segunda. Vou avisar o patrão.

Enquanto ele seguia pelo corredor escuro, Zeli tomou uma decisão.

— João.
— Quê?
— Diz a seu Mendes que eu precisei sair... pra fazer umas compras. Volto daqui a uma hora.
— Tá dito, Zeli.

João sumiu no gabinete e a empregada arrancou o avental num gesto brusco. Pegou sua chave, pendurada num canto, e saiu pela porta dos fundos, ganhando a rua.

— Vamos ver o que o filho da Célia me diz disso! — murmurou, indo na direção de Santo Antônio. Zeli não sabia se devia acreditar em avisos sobrenaturais. Mas acreditava em sua intuição; e esta lhe dizia para ir falar com Nilson, o rapaz que trabalhava como investigador na delegacia, e rever tudo o que acontecera na época do acidente.

Se alguma coisa fora omitida na investigação da morte de dona Marta e da menina Joana, ela ia descobrir.

Capítulo
12

Flagra em Sambaqui

Em frente à praia, Maya olhava a fotografia no porta-retratos. Ali a garotinha parecia mais velha que na foto da carteira do avô, embora usasse o vestido da mesma cor. Abanou a cabeça, com um suspiro.

"Ou eu tou ficando maluca, ou é realmente a menina que eu vi na janela da casa. Preciso tirar a dúvida. E vai ser hoje... tenho de voltar lá."

Guardou a fotografia na bolsa e conferiu o relógio de pulso. Passava da hora do almoço. Seu estômago reclamava; ela resolveu comer alguma coisa. Não havia nem sinal do perseguidor, e o ônibus para voltar a Santo Antônio provavelmente ia demorar.

Bateu os olhos numa lanchonete modesta, em frente; atravessou a rua.

Diante do caixa do boteco pediu um sanduíche, pagou e foi entregar a ficha a um rapaz no balcão. Um senhor idoso, sentado ao lado, tirou o chapéu, cumprimentando-a.

"Gente simpática, a daqui", ela pensou. "Até a empregada do seu Mendes, apesar de ter ficado desconfiada, me deixou entrar e tudo..." Voltando-se para o homem, perguntou:

— O ônibus pra Santo Antônio para ali, não para?

O velho fez que sim com a cabeça e respondeu, numa fala de sotaque carregado.

— Para sim, aqui num passa outro *ômbus*. *Magi*, ó, minha fia, tu podes ir de apé memo. Num é longe, não.

— Não tem perigo de eu me perder? Eu não conheço muito bem o lugar...

— Que nada. Tu vais *todavida* por ali inté te *aprochegar* na igreja. Num tem pendenga.

— Ah, tá. Muito obrigada. Mas acho que vou esperar o ônibus.

Chegou o seu lanche, ela pegou o prato com o sanduíche e foi comer em uma mesinha fora do boteco, de frente para o mar.

Dera a primeira mordida quando sentiu alguém tocar-lhe o ombro esquerdo. Preparou-se para gritar, mas o estranho arrancou os óculos escuros e Maya reconheceu em Bernardo o "tarado" que a tinha perseguido naquela manhã.

— Que diabos você... — ela começou a dizer.

— Onde se meteu? — interrompeu o rapaz, sentando-se na cadeira vazia que estava junto à mesinha. — Chega de mistérios, Maya, é melhor me contar tudo.

Mais um segundo de incredulidade e a raiva tomou conta.

— Contar o quê? Você é que tem de me explicar essa sua atitude. Me seguindo desde o *camping* e parecendo um bandido, com esses óculos escuros!

— Pior é você, que saiu sozinha pela ilha sem dar expli-

cação a ninguém. Isso é perigoso, sabia? — protestou Bernardo.
— E o que é que você tem com isso, intrometido?
— Eu queria saber aonde você ia. Fiquei preocupado! Tem havido muita violência em Florianópolis. Tá em todos os jornais...
— Ah! Então o surfista de plantão resolveu ser meu anjo da guarda. O meu fiel protetor! Um novo São Bernardo!
O rapaz olhou em volta. Todos os fregueses do boteco estavam olhando para eles.
— Você está gritando, Maya.
Ela nem ligou. Estava indignada demais para parar.
— E o que você andava fazendo no *camping*? Não tinha um churrasco pra ir?
— Passei mal do estômago.
— Coitadinho. Resolveu fazer uma boa ação pra sarar. Me seguir!
Agora era Bernardo quem estava perdendo a paciência.
— E você? Não estava de castigo? Pelo que sei, seu pai a proibiu de sair hoje.
— Isso absolutamente não é da sua conta!
Bernardo sacudiu a cabeça, num riso irritado.
— Você é incrível!
Maya, vermelha de raiva, lançou-lhe um olhar que derreteria gelo, de tão quente.
— E você é um filhinho de papai mimado, metido a gostoso, e que pensa que toda garota vai cair a seus pés. Mas na verdade é um zero à esquerda. Um NADA!
Furioso e sem fala, Bernardo levantou-se, bufando. Trombou no senhor que conversara com Maya, que se dirigia para a rua.
— Ô moça — o homem disse, olhando a garota. — Esse *rapagi* tá te *inticando*?
Ela sorriu, apesar da raiva.
— Não é nada — respondeu. — A gente só está discutindo. Ele é um... amigo meu.
— Amigo, é? — o velho olhou ressabiado para Bernardo. — Tão de *azeite*?

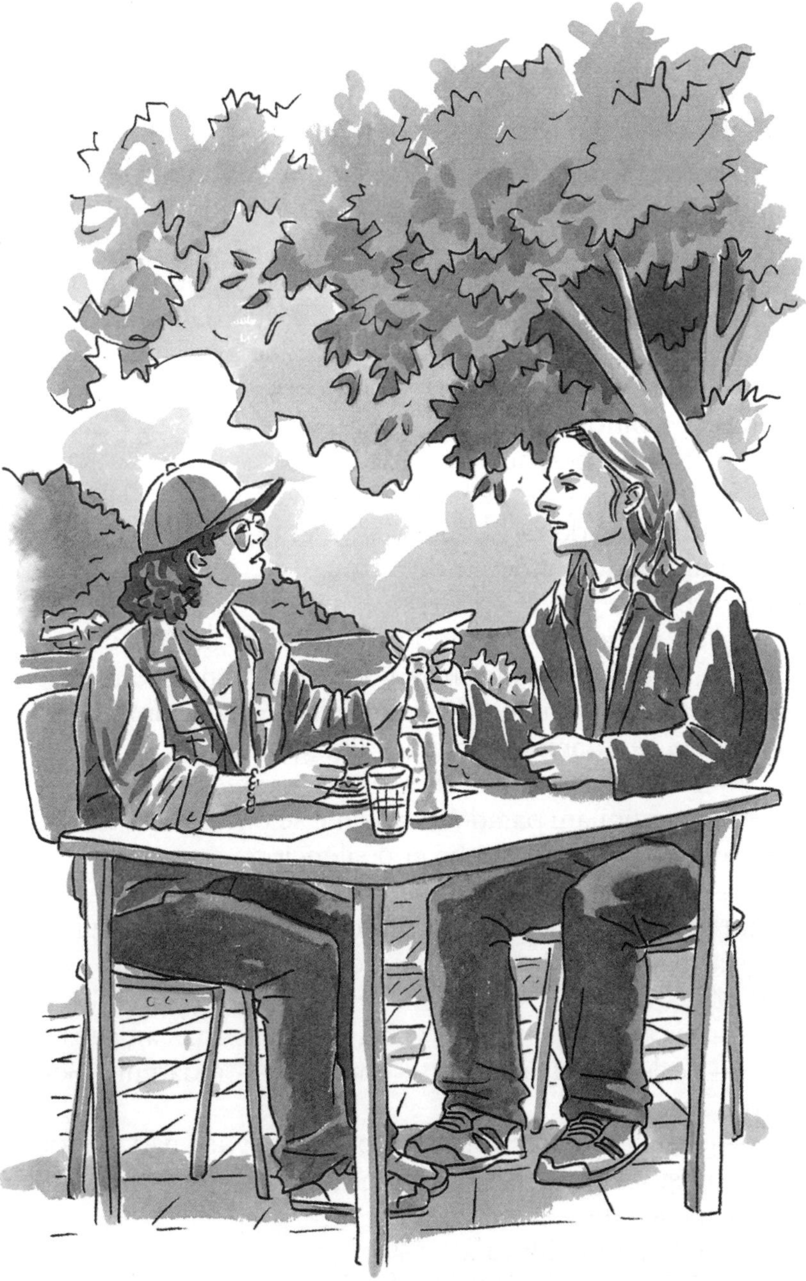

Sem entender nada do que o velho dizia, Bernardo deu-se por vencido.

— Tá legal, Maya. Sou um zero à esquerda. Mas será que a gente não podia ir conversar noutro lugar?

A garota olhou-o com desprezo, levantou-se, pendurou a bolsa às costas, pegou o resto de seu sanduíche e foi saindo. Antes de cruzar a rua, acenou para o velhinho.

— Obrigada — disse.

Bernardo seguiu-a, muito desenxabido, sob os olhares do boteco inteiro. Foram andar na calçada da praia, e ele não disse uma palavra enquanto ela acabava de comer o sanduíche. Quando engoliu o último bocado, olhou-o com o rabo dos olhos.

— Estou esperando — disse.

— O quê? — ele perguntou, perplexo.

— Um pedido de desculpas decente.

O ar condescendente dela trouxe de volta a irritação do rapaz.

— Eu é que tou esperando uma explicação. Tudo bem, não devia ter te seguido, mas você sai por aí escondida e não quer que ninguém ache estranho? Se tem uma razão lógica pro seu comportamento, diga qual é!

— Nem morta. Meus atos não te interessam!

Os dois tinham parado de andar e se encaravam, ambos furiosos. Por fim, ele quebrou o silêncio.

— Se não deixar de ser metida a sabichona e me contar o que anda fazendo, eu vou descrever esse passeiozinho pro seu pai. O Raul vai adorar a descrição!

Maya riu.

— Não tenho medo de você, nem das suas ameaças.

— Pode acreditar, vou te entregar — redarguiu Bernardo, resoluto.

— E eu vou contar pro seu Jorge que você não passou mal do estômago coisíssima nenhuma! Inventou isso pra poder me seguir.

— Olha aqui, Maya...

— Olha aqui você! Pode ir fofocar quanto quiser com

o meu pai, mas eu vou dizer a todo mundo que você é um mentiroso, que me seguiu e que tentou me agarrar!
— Não tentei te agarrar!
— Tentou!
No auge da fúria, ela ameaçou dar-lhe uma bolsada na cabeça. Bernardo foi mais rápido e desviou-se do golpe, segurando os braços dela. Porém o contato entre ambos, agora tão próximos, desencadeou algum tipo de eletricidade. E, sabe-se lá por que motivo, toda raiva entre eles passou como que por encanto.
Bernardo afrouxou o aperto e ela, relutantemente, soltou os braços. Os olhos dos dois baixaram ao chão.
E ainda estavam parados um em frente ao outro, num silêncio constrangedor, quando, com uma guinchada de pneus, um carro parou na avenida bem a seu lado.
Era o carro do pai de Bernardo.

Os dois jovens ficaram lívidos. Jorge desceu do carro parecendo incrédulo por encontrá-los ali; junto dele estava um casal que Maya não conhecia. Mais um carro estacionou ao lado; de lá surgiram seus pais e as irmãs.
— Mas o que é que vocês estão fazendo aqui?
Várias pessoas começaram a falar ao mesmo tempo. Diante dos olhares severos de Raul e Jorge, foi Bernardo quem tomou a iniciativa de explicar. Lembrara-se de que os amigos de Jorge moravam naquela região e pensou rapidamente numa desculpa.
— Eu melhorei do estômago e tive a ideia de vir encontrar vocês. Peguei o endereço e convidei a Maya pra vir junto, de ônibus. Ela não queria, disse que seu Raul tinha mandado ela ficar no *camping*, mas eu insisti e ela acabou concordando.
Madalene olhou com estranheza o rosto impenetrável da filha.
— E como vieram parar aqui? Estão bem longe da casa do Ciro...
— Por que não telefonaram pra lá? Deixei o celular no *trailer*.

— Esqueci completamente o celular — ele explicou.
— A gente quase se perdeu em Sambaqui — ela acrescentou. — Estávamos pensando em voltar pro *camping*. Aí vocês apareceram...
— Que coincidência, né? — Bernardo tentou sorrir.
Foi Ciro, o amigo de Jorge, quem salvou a situação.
— Ótimo! Agora que estão todos aqui, que tal continuarmos o passeio?
Teresa, sua esposa, tomou o braço de Maya e sorriu.
— Venha conosco no carro do Jorge. No caminho de Trindade a gente conversa...
Raul e Madalene fuzilaram Maya com o olhar, enquanto a garota acompanhava os amigos do pai de Bernardo para o carro. O rapaz ia entrar também, mas Carmen e Toni, que caíram sobre ele feito abutres, arrastaram-no para o carro do pai. Logo todos seguiam para a estrada que contornava a ilha, depois continuando em direção ao campus universitário. Pelo que os dois jovens puderam compreender, haviam combinado a visita a um museu.

As conversas ocasionais daquela meia hora foram amenas; ninguém pareceu duvidar do que eles haviam dito; apesar disso, Maya e Bernardo sabiam que sua desculpa era por demais esfarrapada. Nenhum dos dois ansiava por voltar ao camping, quando provavelmente teriam de encarar uma conversa a sós com os respectivos pais.

Capítulo
13

Um passeio fascinante e uma briga por desfazer

O campus pareceu aos paulistas pequeno, se comparado à Cidade Universitária de sua cidade. Mas era um local agradável e tranquilo, bem diferente do restante da ilha naquela temporada.

Os carros pararam próximos ao Museu Universitário Oswaldo Rodrigues Cabral, que, segundo Ciro, era o melhor local para se apreciar a cultura popular da região. Madalene aproximou-se de Teresa, que conhecia o museu como ninguém.

— Sou admiradora do Franklin Cascaes, aquele que pesquisou as bruxas da ilha.

— Então viemos ao lugar certo; aqui você vai ver trabalhos que ele realizou durante uns trinta anos. São mais de duas mil peças: esculturas, desenhos, manuscritos...

Carmen suspirou, desanimada.

— É coisa demais pra gente ver numa tarde só!

Ciro resolveu organizar a visita.

— Vamos olhar primeiro o acervo arqueológico. Eles têm objetos que vieram de sítios pré-coloniais, como os sambaquis.

O grupo se dividiu pelas salas seguintes, cada um olhando o que lhe interessava. Carmen apossou-se do braço de Bernardo e desandou a conversar sobre a turma do *camping*, ignorando os olhares que ele, desesperado, enviava a Maya.

Sentia-se mal por ter deixado a briga pendente, e queria esclarecer de vez a discussão. Mas, pelo visto, um acerto de contas entre eles estava cada vez mais distante.

Maya aproximara-se de uma mesa com tampo de vidro, em que havia uma considerável coleção de artefatos indígenas. Sacou da bolsa o diário e começou a fazer anotações. Notara os olhares desesperados de Bernardo, mas julgou mais seguro adiarem qualquer conversação. A última não tinha terminado nada bem, e a lembrança dele segurando seus braços a perturbava mais do que gostaria de admitir.

Passaram quase meia hora admirando artefatos manufaturados a partir de material orgânico — ossos, conchas e dentes — e material inorgânico — peças elaboradas em cerâmica, pedra, vidro e metal. Em seguida admiraram o acervo de arte popular.

Madalene puxou Raul para a sala contígua, repleta de belos trabalhos artesanais: rendas de bilro, teares e peças de barro.

— Olha que maravilha as rendas! Não são lindas?

Carmen passou direto, ainda pendurada ao braço de Bernardo. Toni torceu o nariz e seguiu mais para a frente, onde um grupo de jovens passeava. Os demais pararam junto a Teresa, que falava agora das rendeiras da ilha.

— Essas rendas foram conseguidas junto às comunidades rurais e urbanas. As mulheres passavam de geração em geração a técnica de tecer com bilros, desde os tempos dos imigrantes que vieram dos Açores. Hoje em dia a tradição está desaparecendo...

— Que pena — suspirou Maya.

O grupo dispersou-se mais uma vez e somente se reuniu quando chegaram à coleção de Franklin Cascaes. Para começar, viram as esculturas. Havia figuras zoomorfas — com imagens de animais — e antropomorfas — com imagens humanas. Tudo ali parecia envolto numa aura misteriosa, mística, até assustadora.

— E ali, o que é que tem? — perguntou Maya apontando outra sala. Malgrado seu, estava cada vez mais fascinada pelas peças do museu.

Dirigiram-se para uma sala especial, cheia de papéis. Ciro adiantou-se.

— Esta sala reúne alguns cadernos com os escritos de Cascaes, desenhos sobre papel e material audiovisual. Vejam estas gravuras!

Maya foi especialmente atraída pela figura de um animal voador com cabeça de boi.

— Este é o boitatá, um espírito de grandes olhos vermelhos que arrasava plantações e assustava os que se perdiam à noite. Aqui está desenhada uma bruxa em sua vassoura. Aqui elas estão dando nós nos rabos e nas crinas dos cavalos.

— É absurda essa história de bruxa — observou Toni.

Raul riu do olhar de incredulidade da garota.

— Minhas filhas não acreditam que existiram bruxas na

Ilha, Ciro. A Madalene tentou convencê-las, mas não conseguiu. Carmen veio em defesa da irmã.

— Ah, vocês vão me desculpar, mas bruxas voando em vassouras? É demais.

Teresa tomou a palavra.

— Pois fiquem sabendo, meninas, que elas ainda existem por aqui. Segundo Cascaes, há dois tipos de bruxa: as terráqueas e as espirituais. As terráqueas são bruxas por opção, e não se deve aceitar nada que nos presenteiam. As espirituais estão predestinadas, e geralmente a sétima filha mulher numa família sem homens fica "embruxada".

Jorge, que também não estava muito convencido da seriedade do assunto, comentou:

— Mas isso não passa de lenda! É folclore.

— Folclore é "sabedoria do povo", e sempre traz um fundo de verdade — atalhou Teresa. — Conta pra eles aquela história que o Dinho contou, meu bem.

Ciro desfiou o tal caso.

— Isso aconteceu com a filha de um vizinho nosso. A guria ganhou de presente de uma senhora um ovo de pássaro azul. Ela pediu à mãe que fritasse o ovo. Assim a mãe fez, e a menina comeu. Depois começou a passar mal, agoniada com falta de ar. Esse meu vizinho correu ao médico, que disse que a guria não tinha nada. Mas a menina piorava, não podia comer nada. Então o pai soube de um benzedor na Barra da Lagoa, e levou a filha até lá. O velho, depois de benzer a guria, chamou o meu vizinho e falou: "Seu Dinho, esta menina tava embruxada". A benzedura deu certo. A pobre rapariga acabou tendo convulsões e vomitou. Sabes o quê? O ovo, assim como fora fritado, e cheio de cabelos.

Os pais ficaram em silêncio, digerindo o caso. Toni, de olhos arregalados, engoliu em seco. Olhou para Carmen, que, arrepiada, tratou de procurar o braço de Bernardo. Mas ele já se afastara para os lados de Maya.

— O que você achou dessa história? — o rapaz disse, notando o olhar impressionado com que ela olhava uma gravura de Cascaes retratando várias bruxas.

A garota não respondeu. Apenas apontou para um dos rostos que se via na gravura: uma mulher ainda moça, com ar sereno, e que parecia encarar o espectador.
— Que foi? — Bernardo perguntou, inquieto com o ar assustado dela.
— Essa mulher — ela conseguiu dizer baixinho, por fim — é o retrato vivo de uma moça que eu conheci hoje, em Sambaqui. A empregada do velho... Ai, meu Deus. Será?
Ele tomou seu braço e obrigou-a a olhá-lo nos olhos.
— Escuta, Maya, a gente precisa mesmo conversar. Vamos deixar toda aquela discussão pra trás e começar de novo. Me conta o que diabos você foi fazer em Sambaqui! Eu só quero ajudar, juro.
Ela sentiu a sinceridade na voz dele e suspirou. Mais baixo ainda, murmurou:
— Hoje à noite, no portão que dá pra praia. A gente se encontra lá e eu te conto.
Não puderam dizer mais nada. Carmen e Toni se aproximaram, avisando que os adultos se preparavam para deixar o museu. Todos seguiram para a saída, e do campus foram para um café que pertencia a conhecidos de Ciro.
Maya e Bernardo não tiveram mais nenhuma oportunidade de ficar a sós.

Era quase meia-noite quando um vulto deixou o banheiro masculino do *camping*, seguindo em direção ao portão da estradinha que levava às areias da praia de Moçambique. Estava fechado, mas um outro vulto se apoiava nele sob o poste de iluminação.
— Oi — disse Bernardo, aproximando-se.
— Oi — respondeu Maya, enfiando as mãos nos grandes bolsos do blusão.
Ficaram em silêncio por um tempo, e então o rapaz principiou a falar.
— Olha, desculpe por ter te seguido. Há dias eu tou curioso sobre o seu ar de mistério. Ouvi sua mãe contar do sumiço que você deu no centro, e achei que andava escondendo alguma coisa. Quando soube que ia ficar sozinha no

camping, tive a intuição de que ia aprontar alguma. Daí inventei aquele negócio no estômago pra ficar aqui e te seguir.
Ela sorriu de leve.
— A gente bota a culpa de tudo na intuição, não é? Eu também faço isso. Todo esse mistério, como você diz, veio de uma intuição absurda que eu tive. Por causa deste botão...
Tirou uma das mãos do bolso, e mostrou a ele o botão grená. Bernardo franziu a testa e tomou o botão, examinando-o. Voltou o olhar para ela, intrigado.
— Não tou entendendo, Maya.
— Já vou explicar. Em primeiro lugar, você tá desculpado. Em segundo lugar, obrigada por ter dito que foi você quem me convenceu a sair do *camping*. Salvou minha pele, meu pai deixou barato e nem mencionou o castigo. E o seu?
— Nem tanto — ele suspirou. — Tive de confessar que a dor de estômago foi invenção minha, porque eu queria ficar com você. Levei uma bronca e meu pai agora tá achando que... bom, deixa pra lá.
Foi a vez dela de franzir a testa.
— O que é que ele tá achando? Sinceridade, Bernardo.
Ele hesitou um pouco antes de falar.
— Que eu tou a fim de você. Que a gente tá de caso. Que dormimos juntos ou pelo menos demos uns amassos escondidos.
A reação dela foi inesperada: disparou a gargalhar. Com ar ofendido, ele a cortou.
— Qual é a graça? Acha tão impossível assim um "caso" entre nós dois?
Maya parou de rir, enxugando os olhos.
— Não, não é isso. Achei graça nas conclusões apressadas do seu Jorge... E, aliás, eu também devia ter te pedido desculpas. Andei muito agressiva com você estes dias todos.
— Está desculpada — foi a resposta sorridente dele. — Quer dizer que você não me considera um "zero à esquerda, um filhinho de papai mimado e metido a gostoso"?
Ela riu, enigmática.
— Sinceridade?
— Total.

— Acho que é um pouco, sim, e se decepcionou porque eu não me joguei a seus pés como as outras. Mas não é o completo idiota que eu julguei no começo. Você é legal.
Ele afagou o braço dela num impulso. Arrependeu-se logo, porém. A sensação de eletricidade voltara com mais força. Ambos se afastaram um pouco.
— Tudo bem — ele disse afinal. — Agora que não estamos mais com raiva um do outro, você vai me contar toda essa história do botão?
Com um suspiro, ela apoiou-se no portão e começou a falar.
Bernardo ficou em silêncio enquanto ouvia aquela história incrível de um botão encontrado na praia, o velho da casa açoriana, o homem mal-encarado de Sambaqui e o outro de Santo Antônio, o vestido pendurado no varal da casa abandonada e a menina na janela, idêntica à neta do velho na fotografia.
Quando terminou de falar, Maya olhou o relógio de pulso. Faltavam quinze minutos para a uma. O rapaz continuava a olhá-la em silêncio.
— Tudo bem, pode dizer que eu sou louca e preciso de terapia, como as minhas irmãs acham. Mas tenho uma intuição muito forte, e, se aquela menina não é a Joana, tem de ser alguma parente dela. São muito parecidas. Já o vestido grená...
Ele a interrompeu.
— O vestido pode ser coincidência. E você pode ter imaginado a semelhança das duas. Gosta muito de ler livros policiais, não gosta?
— E daí? — ela respondeu, agressiva. — Eu sabia que não devia ter contado. Tinha certeza de que você não ia acreditar numa palavra!
— Aí é que você se engana — o rapaz respondeu. — Acredito sim. Só acho que não se deve deixar a imaginação tomar conta. Nós precisamos investigar isso de maneira metódica e lógica, pra descobrir a verdade.
Maya olhou-o nos olhos.
— Nós?

— Acredito na sua intuição — ele continuou —, embora eu ache esse negócio do botão uma fantasia. Já o homem mal-encarado que você viu em frente à casa do velho e na casa pra alugar em Santo Antônio, é um indício forte. O acidente também; aconteceu de verdade, e é um bom ponto de partida pra nós investigarmos.

Ela repetiu a pergunta.

— Nós?

Bernardo pegou a mão dela ignorando a eletricidade que circulou mais uma vez entre ambos, e colocou lá dentro o botão grená. Com um sorriso, disse:

— Você acaba de arranjar um sócio, Maya. O que me diz?

Ela guardou o botão no bolso, insegura. Não conseguia esquecer a sensação de contato físico com ele, e aquilo a estava incomodando. Mas não poderia regredir agora.

— Seja bem-vindo, sócio.

Sem mais uma palavra os dois se separaram e foram cada um para seu lado.

Nos *trailers*, contudo, por mais de uma hora ambos permaneceram acordados, pensando em todas as coisas que haviam acontecido naquele longo dia.

Não sabiam que o dia seguinte pareceria mais longo ainda...

Capítulo
14

Mentiras, boatos e desconfianças

O sol nem havia nascido, e na casa semiabandonada em Santo Antônio dois homens conversavam em voz baixa, junto à porta dos fundos.

— O negócio vai ser mesmo na segunda-feira, Valmir.

— Ainda bem. Já tava me dando nos nervos ficar aqui enfiado com essa guria.

— Bom, mesmo depois da gente mexer no carro do homem, ainda pode demorar uns dias até a coisa acontecer.

— Tens certeza de que é seguro, Carlo? Não quero encrenca com a polícia, tu sabes. Alguém na oficina pode me ver...

— Não fala besteira, seu *mazanza*, que tu me irritas. Vais fazer a sabotagem na madrugada de segunda pra terça! Já tenho a cópia da chave.

O outro se espreguiçou, à menção da palavra "madrugada".

— Então acho que vou começar a *poisá* agora, pra ficar bem descansado na segunda...

Carlo deu uma olhada para a rua. Ninguém à vista.

— Vou pra oficina — disse, preparando-se para sair. — É bom não me atrasar... Aquele Ademir já anda me olhando meio de lado.

Antes que saísse, porém, Joana apareceu na cozinha, os olhos inchados de sono.

— Tio...

Carlo suspirou, irritado.

— Que foi agora, Joana?

— É verdade que meu vô morreu?

Os dois homens se entreolharam. O falso Camilo acocorou-se diante de Joana, para ficar da mesma altura que ela.

— Escuta bem, Joana, e mete isso na tua cabeça duma vez: eu sou teu único parente. Tua mãe não tá mais aqui, nem teu pai e muito menos teu avô — ergueu-se. — E eu já falei pra parares de me chamar de tio. Sou teu pai. Entendeste?

A menina aquiesceu, embora relutante. Carlo foi saindo. Valmir puxou-o de lado.

— Achas que ela ouviu a gente falando naquilo?...

O outro deu de ombros.

— Não faz diferença. Se ouviu, ela não vai contar pra ninguém, mesmo.

E, sem dizer mais nada, tratou de sumir pelas ruelas de Santo Antônio antes que alguém o visse sair da casa.

Quando o sol nasceu, Joana estava encolhida num canto da cozinha, o café que Valmir lhe dera esfriando na caneca. Não acreditava em nada que lhe diziam. O avô não estava morto, ela sabia. Se ao menos tivesse coragem de fugir dali e ir procurá-lo!

Um olhar maldoso de Valmir para ela a fez estremecer. Pegou a caneca e tratou de tomar o café, mesmo frio.

No Rio Vermelho, a manhã surgiu radiosa. Fazia dias que o sol não se mostrava tão generoso. Maya saiu do banheiro, espreguiçando-se, o gosto de creme dental na boca transmitindo-lhe uma sensação agradável.

Carmen e Toni, sentadas num murinho ali perto, saudaram a irmã com uma vaia.

— Ih, a bela adormecida acordou.

— A que horas você foi se deitar ontem, heim, maninha?

A garota parou junto às irmãs, tentando não se irritar.

— O que é que vocês querem?

— Conta de uma vez, vai.

— Contar o quê, criatura? — impacientou-se Maya.

Toni apontou o *trailer* de Bernardo. O rapaz não saíra de lá ainda, naquele dia.

— Ora, você sabe! Está de caso com o Bernardo, confessa.

A garota tentou colocar a velha máscara de indiferença.

— Eu?! Imagina só.

— Não se faça de desentendida — retrucou Carmen. — Ouvimos o seu Jorge dizer pro pai que vocês estavam de rolo. Passeando aí pela ilha juntinhos...

— Pra mim, é namoro mesmo! — completou a outra.

Maya a custo evitou a vermelhidão do rosto.

— Toni, me poupe — disse. — Conversar com alguém não significa namoro!

— Acontece que vocês nunca conversaram de verdade antes — atalhou Carmen. — Você não detestava o coitado?

— Pra tudo tem uma primeira vez. E a gente pode mudar de ideia sobre uma pessoa, não pode?

— Ah! — gritou Toni. — Se entregou!

Maya agora estava francamente irritada. Ia mandar as irmãs para algum lugar menos recomendável, quando as três notaram a aproximação de alguém. Bernardo afinal deixara o *trailer* e acenava para elas, com o ar mais corriqueiro do mundo.

— Bom-dia, meninas. Maya, podemos conversar?

Carmen e Toni fuzilaram a irmã com o olhar.

— A sós, não é?

— Tudo bem. Não queremos atrapalhar mais um encontro romântico...

E, dando risadinhas maliciosas, afastaram-se dos dois.

Maya, num acesso de fúria, chutou com toda a força o murinho ao lado. O rapaz olhou para ela surpreso.

— Algum motivo em particular para querer quebrar o pobre do seu pé?

Disfarçando a dor que o chute lhe causara, ela sentou-se no murinho massageando o dedão. Precisava aprender a controlar aqueles impulsos de raiva...

— Você não ouviu as minhas queridas irmãs? Pegaram uma conversa dos nossos pais falando da gente e tiraram suas conclusões. Daqui a meio minuto o *camping* inteiro vai achar que nós estamos namorando!

Bernardo sentou-se ao lado dela, dando de ombros.

— Problema deles. Nós sabemos que não é verdade, nossas relações são estritamente profissionais. Não é verdade, sócia?

Ela concordou com a cabeça, tentando esquecer a sensação enlouquecedora que a invadia quando ele a tocava.

— Então — continuou o rapaz —, vamos continuar a investigação. Tenho novidades! Peguei o celular do pai e telefonei para a Teresa.

— A amiga do seu Jorge? Por quê?

— Ela trabalha na Universidade, e concordou em levar a gente até a biblioteca de lá. No acervo jornalístico podemos encontrar algo sobre o acidente em que a menina morreu.

Maya quase bateu palmas. A sociedade com Bernardo começava a dar frutos.

— Ótima ideia — empolgou-se ela. — E como vamos fazer pra ir até lá?

— Pedi uma carona pro meu pai. Disse que nós dois ficamos impressionados com o Museu e queríamos conhecer a Biblioteca Universitária.

A garota o olhou com ar de dúvida.

— E ele acreditou que você, que até anteontem só pensava em surfe, vai passar uma manhã de verão inteira enfiado numa biblioteca?!

Bernardo deixou escapar um sorrisinho encabulado.

— Claro que não. Ele pensa que eu só vou pra ficar com você...

Foi a vez de Maya sentir-se encabulada. Lutou contra aquilo, porém, pensando em tudo que poderiam descobrir.

— Bom, então só falta convencer meu pai e minha mãe a me deixarem ir.

— Diga pra eles que a Teresa vai ciceronear a gente. E, aliás, fomos convidados pra almoçar na casa dela depois.

— Vamos ver se eles engolem mais essa...

Prometeram encontrar-se dali a meia hora no portão da praia. Maya seguiu para falar com os pais e ele teve de sumir estrategicamente banheiro adentro, para não encontrar Rafa, Marcelo e Natália, que se aproximavam com Carmen e Toni. Mesmo assim, não pôde escapar de algumas observações maliciosas e assobios da turma.

"Maya tinha razão", ele pensou, "a fofoca tá se espalhando bem depressa...".

Porém, por algum motivo, aquilo não o irritava tanto quanto irritava a garota.

O som de palmas fez Zeli aparecer na janela. Uma senhora já curtida pelo tempo, parada junto ao portão pintado de branco, sorriu ao vê-la.

— Boa-tarde, Zeli! Dá pra ter dois dedinhos de prosa?
— Claro, Célia! Se *aprochegue* cá dentro.
A senhora prontamente atendeu ao convite, entrando para a cozinha.
— Tás bem, querida? E como vai o patrão? Ouvi dizer que andou meio adoentado...
Zeli conhecia bem a mãe de Nilson. Embromação era com ela mesmo. Sem vontade de perder tempo, resolveu apressar a conversa.
— *Qués* o quê?
Célia pareceu surpresa.
— Nada, só vim *assuntá*...
— Deixa de lero que eu te conheço. Tás querendo saber alguma coisa, não é?
A senhora, resignada, apoderou-se de uma cadeira junto à mesa.
— Não vais nem me oferecer um cafezinho? — resmungou.
Zeli pegou a cafeteira e serviu café num copo.
— Tó, toma e desembucha o que te aflige.
Depois de enrolar mais um pouco, Célia acabou indo ao ponto:
— Que foi que te deu na cabeça de pedir pro Nilson mexer naquela papelada do desastre em que a dona Marta morreu?
Zeli respirou fundo. O Nilson tinha de contar tudo pra mexeriqueira da mãe! Mas não havia por que esconder o que pensava.
— Tou tendo umas impressões, Célia. A menina de dona Marta... tem coisa errada nessa história dela ter morrido. Ela não tá descansando em paz.
— Vixe Maria! — exclamou a mulher, os olhos arregalados.
— E se a menina não morreu? E se foi outra pessoa que morreu no acidente?
— Ora, *magi* que finalmente tás virando bruxa, guria!

— interferiu Célia, com ar divertido. — Eu sabia. Pois se não és a sétima filha mulher num rebanho sem macho? Zeli fez que não ouviu. Continuou falando, como que para si mesma.
— No carro da dona Marta tava ela mais a filha. Saíram daqui indo pro centro. No meio do caminho iam encontrar o Camilo, marido da dona Marta. Só que, quando descobriram o *desinfeliz* do carro, acharam que só tinha dois defuntos ali, queimados, que não sobrou nada. Tu te lembras que depois de rolar o barranco o carro foi parar na outra rua, bateu no caminhão de gasolina, pegou fogo e explodiu.
— Qual é o *mistero*? Vai ver ela desencontrou do marido.
— Pode ser — concordou Zeli. — Mas na papelada que o Nilson me mostrou, alguém disse que tinha visto quatro pessoas no carro, antes dele bater.

A mulher benzeu-se com um estremecimento.
— Quatro? Mas quem podia ser?
— Pra mim era dona Marta, a menina, Camilo e o irmão gêmeo dele, o seu Carlo. Ele andava por aqui naquela época.
— E como é que então tinha só dois defuntos no carro?...

Zeli guardou a cafeteira e o copo vazio de café. Abanou a cabeça.
— Não sei... Só podiam ser mesmo as duas. O Camilo apareceu aqui em Sambaqui procurando a mulher e a filha, antes que a polícia viesse avisar o coitado do seu Mendes. Só que o irmão do gajo, o tal do Carlo, nunca mais ninguém botou o olho nele.

Célia ficou quieta, parecendo remoer o assunto. Zeli continuou resmungando.
— Deviam ter examinado direito os defuntos. Sabes, fazer esses negócios de laboratório que a gente vê na televisão. Ver de olho, mesmo, não dava mais, porque o fogo carcomeu tudo. Não dava pra saber nem se era homem, mulher ou criança. Acharam a aliança de dona Marta no

carro e um sapato da Joana no barranco...
Um barulho na porta fez as duas mulheres olharem para lá, assustadas.
— Ô, João! — reclamou Zeli. — Que estás fazendo aí?
O segurança e motorista de seu Mendes estava parado junto à porta, sabe-se lá há quanto tempo.
— O patrão quer saber se chegou a conta da luz e a da água.
Zeli mexeu numa gaveta da cozinha e pegou alguns papéis, que entregou a ele.
— Tá aqui.
João pegou o que ela lhe estendia e seguiu pelo corredor, pensativo. O que Zeli dissera a Célia o deixara cismado.
No gabinete entregou as contas ao velho, que estava ocupado com uma calculadora.
— Seu Mendes?
O patrão nem tirou os olhos dos papéis que examinava.
— Que é?
— Como é que chama aquele exame que a polícia faz, pra saber se um fio de cabelo ou pedaço de osso é de uma pessoa ou é de outra?
— Exame de DNA — respondeu seu Mendes, com a distração de quem está habituado a responder questões sem se importar com o motivo.
— E eles fazem isso aqui em Florianópolis?
O velho deu de ombros.
— Fazem, se precisar. Mas é raro.
"Exame de DNA", pensou o motorista, olhando pela janela. "Já vi isso no cinema."
Ficaram em silêncio por algum tempo, enquanto seu Mendes preenchia cheques para o pagamento das contas. João continuava pensativo. A conversa de Zeli, por algum motivo estranho, o fazia lembrar-se do novo borracheiro na oficina de Ademir.
Podia jurar que conhecia aquele sujeito de alguma dessas andanças da vida. Mas por que se lembrara dele justamente agora?

Capítulo
15

À procura de dois adolescentes aventureiros

A biblioteca da universidade era como todas as que Maya conhecera. Fria e silenciosa, nas férias transmitia certa sensação hostil, como se os que ali entravam viessem perturbar o sossego secular dos livros.

Naquela manhã de verão, apenas os dois jovens e uma bibliotecária se encontravam lá. Teresa os deixara no local e fora cuidar da sua vida até a hora do almoço.

Numa grande mesa, Bernardo fazia anotações num pedaço de papel, enquanto Maya folheava uma pilha de velhos jornais.

— Achei outro, sócio — ela disse, cutucando-o.

Ele correu a olhar a reportagem que ela encontrara. Era um artigo num jornal local, com a manchete destacando a morte trágica de membros da conhecida família Mendes. Marta Mendes Ferri e a filha, Joana, de oito anos. Uma fotografia em preto e branco do carro carbonizado, sem maiores detalhes.

— Aqui diz que o carro derrapou, caiu de um barranco e foi dar numa rua movimentada lá embaixo. Aí bateu na traseira de um caminhão-tanque. Explodiu inteiro... Mas não fala nada sobre a identificação dos corpos — ela comentou.

— Naquele outro artigo falava — ele completou. — Dizia que identificaram a aliança da mulher no meio das ferragens, e um sapato da menina, que acharam caído no barranco...

— Isso é que é esquisito — Maya disse. — Só um pé de sapato?

Bernardo fez uma careta.

— O outro pode ter queimado, ué. Bom, dê uma olhada se tem alguma coisa nos jornais dos dias seguintes. Vou anotar o nome e a data deste aqui.

Maya olhou desaprovadoramente para as anotações dele.

— Que letra horrorosa! Eu devia ter trazido meu diário e anotado tudo lá.

— E por que não trouxe? Medo que eu me apossasse dele outra vez?

Ele riu, mas o olhar de Maya estava sério. Ainda não tinha certeza de que ele, realmente, não lera nenhuma página de seu querido caderno.

— Achei mais seguro esconder lá no *trailer*. Num lugar onde as minhas irmãs não mexem...

— E tal lugar seria?... — ele perguntou, curioso.

Mas ela não respondeu. Começou a mexer em outro jornal em silêncio, até que descobriu algo.

— Olha, Bernardo!

Encontrara uma coluna de falecimentos, com os nomes completos das duas em uma nota de missa de sétimo dia, publicada por seu Mendes, pai e avô.

Ele anotou as datas citadas ali. E Maya logo o cutucou, excitada.

— Agora encontrei uma joia! Olha só.

Em uma espécie de coluna social com votos de pêsames havia uma fotografia, tarjada de preto, estampando Marta, Joana com uns cinco anos e o marido, Camilo.

A garota ficou pálida ao examinar mais de perto a foto. Afastou-se de Bernardo e apoiou-se na mesa.

— Que foi? — ele quis saber.

Maya só conseguiu sussurrar.

— Esse homem... ele é muito parecido, mas muito mesmo, com o homem que eu vi em Sambaqui.

— E o tal que você viu em Santo Antônio, na casa abandonada?

— Pode ser ele, sim. E se for, Bernardo? Ele tá escondendo uma menina lá. Será que é a Joana?
— Não sei, acho que de onde você estava não dava pra ver direito o rosto do cara.
— Mas você disse que acreditava em mim! — ela choramingou!
— E acredito. Só que, do jeito que sua cabeça tá a mil, é capaz de estar imaginando mais do que viu.

Ela ia protestar, mas ele fez sinal de silêncio, apontando para a bibliotecária, que parecia aborrecida com o barulho dos dois.

— Não vale a pena brigar — ele disse baixinho, tentando apaziguá-la. — Vamos até Santo Antônio ver a casa de perto. Se tivermos sorte, o sujeito aparece e tiramos a dúvida.

A garota recolheu os jornais, mais calma.
— Tá. Mas como vamos escapulir pra ir até lá?

Com um ar malandro, Bernardo confidenciou algo ao ouvido dela.

Maya sorriu.
— Sabe que isso pode nos meter numa baita encrenca?
— Sei. Mas estou disposto a tentar. E você?

O brilho nos olhos dela respondeu a pergunta.

Teresa estacionou em frente à biblioteca, e logo viu Maya e Bernardo sentados nos degraus da escadaria.
— E aí? Divertiram-se?

Os dois seguiram para o carro, murmurando afirmativas não muito convincentes.

— Pois vamos lá pra casa — a mulher disse, dando a partida no carro. — O Ciro está esperando por nós para almoçar. Depois, se quiserem, ele leva vocês pro *camping*, ou telefonam para o Jorge vir buscá-los.

Conversaram amenidades no caminho. Quando estavam próximos de Santo Antônio, Bernardo sugeriu.

— Dona Teresa, por que não deixa a gente descer em Santo Antônio e comprar uma porção de ostras naquele restaurante da praça? Seria nossa contribuição pro almoço. Ela hesitou.

— Ora, não precisam comprar nada. É um prazer ter convidados...

Maya interferiu.

— Mas a gente faz questão. E depois, nós adoramos ostras. Não é, Bê?

O rapaz concordou entusiasticamente com aquela imensa mentira.

— E tem também aquela sorveteria na rua de cima, com sorvete natural — Maya continuou falando. — Que delícia que é! Eu vou lá comprar um pouco de sorvete enquanto o Bernardo pega as ostras...

Teresa diminuiu a marcha do carro, ainda hesitante.

— Se fazem questão, está bem... Eu estaciono aqui e vocês vão até lá.

Os dois jovens desceram. Bernardo foi na direção do restaurante e Maya subiu a rua. De repente, a garota berrou, para chamar a atenção de Teresa.

— Que sabor de sorvete a senhora prefere?

Ela abriu a janela do carro para falar com a menina e não reparou que Bernardo, em vez de continuar seu caminho, dera meia-volta e entrara por uma ruazinha do lado de lá da igreja.

— Você é quem sabe, meu bem. Escolha o seu sabor preferido...

Assim que a dona do carro tirou os olhos dela, Maya, vendo que seu amigo já sumira, continuou subindo a avenida. Enveredou rapidamente por outra rua, que ia encontrar a transversal por onde o rapaz seguira.

Teresa ainda ficou sentada no carro por muito tempo, até perceber que os dois adolescentes haviam desaparecido.

Era meio-dia passado e Zeli lavava a louça do almoço, absorta, como de costume, em seus mais profundos

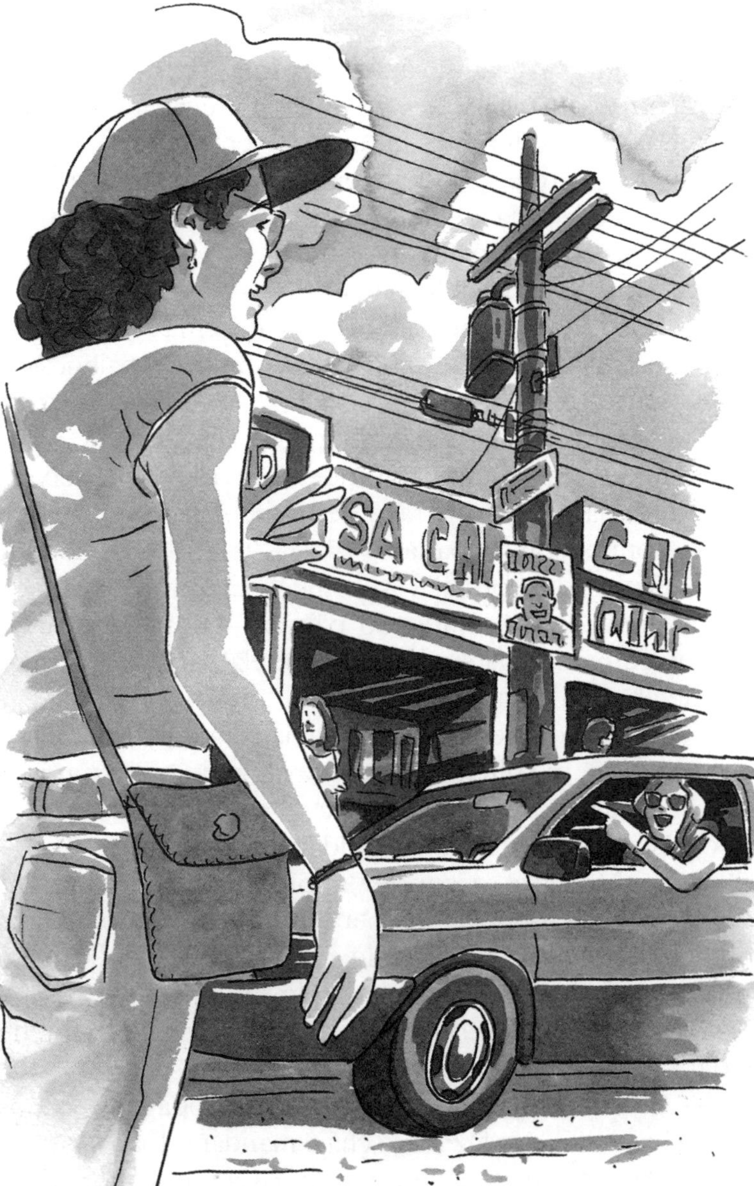
SA CA

pensamentos. Um grito débil vindo do interior da casa lhe causou um sobressalto. Largou tudo e foi correndo atender o patrão.

Seu Mendes levantava-se da cama quando a moça entrou no quarto. Lívido e trêmulo, parecia ter passado por coisa muito diferente de uma inocente soneca após o almoço. Assim que avistou a empregada, retraiu-se. Não queria parecer uma criança com pesadelos procurando proteção no colo da mãe.

Ela abriu as janelas fechadas.

— Mas o que é que foi? Tá passando mal?

— De novo, Zeli. O sonho, outra vez — ele balbuciou.

— Que sonho, homem?

Ele suspirou. Com a luz entrando no quarto tudo parecia diferente. Mas a impressão que o pesadelo lhe deixara fora profunda. Ele não parava de tremer.

— Sonhei com a Joana.

— Ora, isso é normal... — começou a moça, espantada com a alteração do estado do patrão. — Quando minha mãe morreu, eu vivia sonhando com ela!

Ele abanou a cabeça com força.

— Não. É diferente. Foi um aviso... Vi a Joana ali na frente da casa, me olhando. Não era alma do outro mundo, não. Parecia tão viva! E ela disse: "Vovô, cuidado com o carro. Eles querem te matar. Cuidado com o carro...".

Zeli não pôde esconder a preocupação. Primeiro aqueles sonhos, depois a garota estranha, os depoimentos conflitantes na papelada da delegacia. Por que a polícia não tinha feito um exame mais profundo do caso?

Logo, porém, afastou aqueles pensamentos e tratou de ajudar o velho a levantar-se.

— O senhor precisa parar de pensar bobagem. Vamos sentar lá no sofá. Vou fazer um chá e mandar o João ligar pro médico. Seu Augusto deve estar em casa a essa hora...

Sob protestos, Mendes obedeceu. Avisado pelo telefonema do motorista, o médico e amigo da família, Dr.

Augusto, prometeu passar por ali no caminho para o consultório.

Zeli e João ficaram na cozinha, ambos olhando com ar preocupado o velho dono da casa sentado no sofá a sorver um chá de erva cidreira.

— Não era melhor levar ele pro Posto de Saúde, Zeli? — indagou o segurança. — E se for o coração?

Ela franziu a testa, cismada.

— O seu Augusto disse pra gente esperar ele chegar, João. Mas acho que não é coração, não. Sei lá... Às vezes penso que o pobre tá embruxado, isso sim!

O sol da tarde brilhava por toda a extensão da praia de Moçambique. Na região do *camping*, várias pessoas aproveitavam a beleza do dia. À sombra de um guarda-sol, acompanhados por algumas latas de cerveja, Jorge e Raul conversavam.

Madalene, ao lado, lia uma revista.

Um toque característico de telefone interrompeu os comentários dos homens sobre a felicidade de Moçambique ainda não estar lotada de turistas, como outras praias da ilha. Ao ouvir o som, Madalene ergueu os olhos da revista e deixou escapar um gemido contrafeito.

— Só você mesmo, Jorge, pra trazer celular na praia.

— Por que não? Pode ser algum negócio importante lá de São Paulo — disse ele, procurando o telefone.

— Ou pode ser encrenca — brincou Raul. — Deixe de pensar em trabalho pelo menos nas férias, homem!

Jorge encontrou o celular caído sob a cadeira de praia e repleto de areia. Deu uma assoprada para tirar o excesso e atendeu.

Era Teresa, aflita.

— Jorge? Meu Deus, como vou te dizer? Eu não sei o que houve exatamente, mas nós paramos em Santo Antônio pra comprar ostras e sorvete, eu fiquei no carro, ele desceu a rua, ela subiu, e quando olhei não tinha mais ninguém lá.

— Teresa? É você?
— Claro que sou eu, Jorge, mas que coisa, acorda, homem! O pior é que eu fiquei esperando, e nada. Fui até o boteco das ostras, entrei na sorveteria, e não tinha sinal deles. Nem apareceram por lá! Onde mais podem estar?
— Quer falar mais devagar? Não estou entendendo nada!
Com uma pausa para recuperar o fôlego, a mulher disparou, do outro lado da linha.
— A Maya e o Bernardo sumiram, Jorge. Eu simplesmente não sei onde se enfiaram!
— O quê?!
— Você ouviu muito bem. Rodei ali por Santo Antônio, fui aos lugares onde os dois disseram que iam fazer compras, e não sei mais o que fazer!
— Vai ver se desencontraram e eles foram direto pra sua casa.
— Impossível, eu estou em casa com o Ciro, e eles não vieram pra cá.
Jorge parou para pensar. Não estava gostando nada daquilo. A essa altura da conversa, Raul e Madalene o olhavam com olhares suspeitos.
— O que aconteceu? — quis saber Raul.
Jorge pediu silêncio num gesto.
— Fique aí, se eles aparecerem me ligue de novo. Estamos a caminho.
Jorge despediu-se e desligou, lançando um olhar preocupado para o casal de amigos.
— Então? — Madalene pressionou.
— Nossos filhos sumiram. Deixaram a coitada da Teresa esperando por eles e sabe lá onde foram parar!
Madalene olhou para o mar, aflita, e Raul levantou-se, furioso.
— Como? Onde?
— Em Santo Antônio. Segundo a Teresa eles pararam lá pra comprar ostras e sorvete, e enquanto ela esperava no carro, simplesmente desapareceram!

— Deve ser obra da Maya! — frisou Raul. — Ela tem um caso com aquele lugar. Ah, mas quando eu puser as mãos nela...

— E eu no Bernardo! Aquele garoto está abusando da minha paciência...

A mãe já recolhia suas coisas na areia da praia.

— Primeiro tratemos de pôr as mãos neles, depois vocês resolvem o que fazer — atalhou ela. — Vamos a Santo Antônio procurar.

— E é bom encontrarmos o "casalzinho" antes que escureça... — completou Raul, que parecia a fúria em pessoa.

Voltaram para o *camping*. O pai de Maya jogou uma camisa e uma bermuda sobre o calção de banho enquanto Jorge foi buscar o carro.

— É melhor você ficar, Madalene. Vai que os desmiolados pegaram um ônibus e estão voltando pra cá, por algum motivo. Aí você liga pra casa do Ciro.

Ela não gostou muito da sugestão, mas teve de admitir que o marido tinha razão.

— Eu não entendo essa nossa filha. Se ela e o rapaz querem namorar, qual é o problema? Ninguém proibiu. Por que sumir assim? Deve haver alguma boa explicação pra tudo isso...

Jorge buzinou. Já estava saindo com o carro. Antes de correr para lá, Raul disse:

— Ela vai voltar pra terapia depois das férias, ah, vai. Primeiro fica dias enfiada naquele diário dela, escrevendo feito louca. Depois some desse jeito! Vou indo. Qualquer coisa, eu telefono pra portaria do *camping*...

O carro saiu ventando pela estrada do Rio Vermelho, e Madalene seguiu para o *trailer*, resolvida a tomar um banho rápido. Sentia-se preocupada por ter deixado as outras filhas saírem com a turma, para passar o dia na praia dos Ingleses. Se estivessem ali, poderiam ajudar a procurar pelos sumidos.

Entrou no *trailer* e foi pegar uma toalha. Achou que havia algo estranho no armarinho onde guardavam a roupa de cama e banho, e custou alguns minutos para perceber que alguém escondera uma mochila de lona sob as toalhas.

A mochila pertencia a Maya. Madalene abriu o zíper para ver o que continha, e tirou de lá um caderno. O diário da filha!

O que o marido dissera repercutia em seus ouvidos. *"Primeiro fica dias enfiada naquele diário dela, escrevendo feito louca."*

Olhou para o teto, sem saber o que fazer.

— Ai, meu Deus — disse em voz alta. — Detesto mãe que faz isso, e a Maya que me perdoe. Mas aqui pode haver alguma pista de onde aqueles dois se meteram!

Sentou-se no estreito sofá do *trailer* e começou a folhear o caderno, até chegar à data em que a filha chegara a Florianópolis. Então começou a ler...

Capítulo
16

Planos, angústias e preocupações

Escondidos atrás de um oratório que resguardava a imagem de Nossa Senhora, entre o cemitério de Santo Antônio e um pequeno terreno cheio de árvores e mato, Maya e Bernardo tinham excelente visão da casa para alugar. Sem que ninguém os visse, olhos fixos no outro lado da rua, tentavam não perder nenhum detalhe.

A tarde, porém, avançava, e a casa continuava com ar de abandono total. Maya, esfomeada, estava impaciente.

— A gente podia voltar lá no boteco e comer uma porção de ostras.

Bernardo olhou-a com cara de nojo.

— Nem pensar — falou —, comer molusco criado em águas poluídas?

Com um sorriso ao modo como ele pronunciara "molusco", Maya retrucou.

— Você não disse pra dona Teresa que "adorava" ostras? Deixe de ser tonto, elas são ótimas. Só porque você é medroso demais pra experimentar...

Ele a olhou fixamente, e falou baixinho.

— Para de me provocar. Eu não sou medroso...

A garota interrompeu-o com um gesto, apontando a casa que vigiavam. Um homem finalmente saíra de lá e andava pelo quintal. Segurou um galho da goiabeira e arrancou algumas frutas. Depois voltou para a casa pelos fundos.

— Não é o mesmo sujeito — observou Maya, intrigada.

— Isso acaba com a sua cisma? — perguntou Bernardo, referindo-se à conversa na biblioteca.

— Pelo contrário, isso quadruplica as minhas suspeitas.

O rapaz suspirou.

— Acho melhor a gente ir embora e arrumar uma boa desculpa pra Teresa.

Ela não concordou.

— Não vamos desistir. O negócio é forçar a barra: você vai lá e bate na porta, diz que é turista e procura uma casa pra alugar. Pergunta quanto é o aluguel, sei lá, inventa alguma coisa.

— E você vai comigo?

— Não, enquanto isso eu vou pelo quintal até os fundos da casa. Deve haver uma porta lá, e eu dou um jeito de entrar. Aí descubro se de fato existe uma menina, e se ela é ou não é a neta do velho.

Bernardo prontamente declarou-se contra aquele plano.

— Vai ver que esse povo é só gente sem casa que invadiu o lugar. Pode ser perigoso eles pegarem a gente entrando assim!

Ela olhou-o com ironia.

— Você é covarde mesmo, heim? Que adianta ser surfista e campeão de natação? Tá morrendo de medo.

— Existe uma diferença entre medo e precaução — ele respondeu, irritado. — E eu sou tudo, menos covarde.

Ela aproximou o rosto ao dele.

— Então seja bonzinho e faça o que eu disse. É melhor do que ficar aqui até escurecer. Já chega a bronca que a gente vai levar, ainda vamos voltar de mãos vazias?

Aproveitando a proximidade, Bernardo a pegou de surpresa. Segurou-lhe a nuca com a mão esquerda e a cintura com a direita, e beijou-a nos lábios.

Como um animal selvagem, Maya livrou-se dele. Nem conseguia falar, de tão furiosa. Se um olhar matasse, Bernardo cairia fulminado naquele instante.

— Seu... seu irracional! O que deu em você?

— Fica calma, garota.

Ela diminuiu o tom da voz, embora continuasse zangada.

— Primeiro você diz que nosso relacionamento é profissional. Que somos sócios na investigação. Depois me beija? Olha aqui, Bernardo...

— Sabe de uma coisa, Maya? — ele a interrompeu.

— A essa altura, a Teresa já acionou nossos pais, e todo mundo deve pensar que fugimos pra transar. Já que eu vou levar na cabeça pelo que não fiz, pelo menos tenho o direito de roubar um beijo seu!

— Direito? Acha que eu sou uma espécie de troféu, é? Ele quase sorriu.

— Acabei de ouvir você dizer que não ia voltar de mãos vazias.

Com um tom magoado, ela sussurrou.

— Você pode ter conseguido o que queria, mas eu continuo de mãos vazias.

O sorriso dele alargou-se.

— Não seja por isso. Sou todo seu, agora...

E aproximou o rosto, certo de que ela iria beijá-lo também.

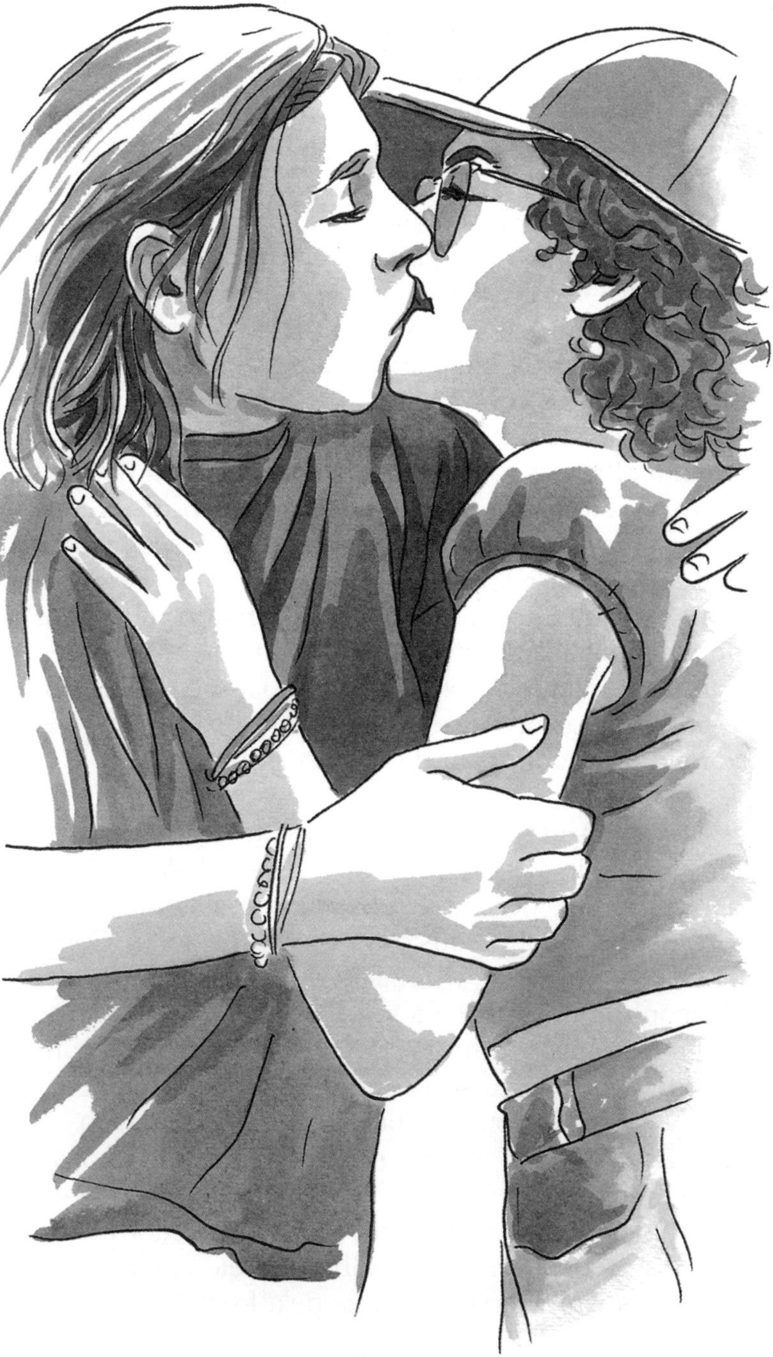

Maya, porém, num impulso aplicou-lhe um tremendo bofetão. Depois afastou-se, observando a marca que seus dedos haviam lhe deixado na face.

— Por que... — ele gemeu, vermelho, mais pela humilhação que pela dor. — Por que fez isso?

Ela não respondeu.

Bernardo suspirou e afastou-se.

— Vamos embora daqui, antes que a encrenca fique maior.

— Não — ela sentenciou. — Vamos terminar o que começamos. Pelo menos isso!

Sem dizer nada, ele mirou a casa, certificando-se de que o homem sumira. Levantou-se e disse, sem olhar para ela:

— Muito bem. Vou lá bater na porta. Você entra pelo quintal e olha nos fundos. A gente se encontra na esquina de baixo, perto da praia, e quem chegar lá primeiro chama o outro com um assobio. Satisfeita?

Sem esperar resposta, Bernardo encaminhou-se para a casa. Maya engoliu em seco. Por que fizera aquilo? Se havia alguma possibilidade de namorá-lo um dia, acabava de ser destruída por aquele bofetão. Sentiu o arrependimento tardio por ter sido impulsiva, mas não havia nada que pudesse fazer agora. Seguiu para o quintal da casinha.

Doutor Augusto guardou o estetoscópio na maleta. Com o rosto impassível, fechou-a. A seu lado, no quarto, o velho Mendes descansava na cama. Da porta, pairavam sobre ele os olhares ansiosos de Zeli e João. Com um sorriso tranquilizador o médico voltou-se para os dois e acompanhou-os de volta à sala.

— Ele é mais forte do que nós três juntos. O coração está ótimo, a pressão sob controle.

— São esses sonhos que ele tem, seu Augusto — revelou Zeli. — E só agora, que já faz mais de ano que a menina morreu.

— Isso explica a agitação, mas não há motivo clínico para nos preocuparmos. Eu diria que ele ainda tem pelo menos uns vinte anos saudáveis pela frente!

João, porém, não estava tranquilo.

— Se o patrão continuar tendo tanto pesadelo, o que a gente vai fazer? Não tem um remédio que acabe com isso?

O médico se encaminhou para a saída.

— Posso receitar um calmante, mas só se não houver outro jeito. Uma saída é procurarem ajuda psicológica. Um bom terapeuta pode ajudar no caso dos sonhos...

Zeli e João trocaram olhares desconfiados, com a ideia de seu patrão fazer terapia.

— Agora preciso ir. Qualquer coisa, podem me ligar.

A moça levou o médico até a porta. Depois de trancá-la, sentou-se numa cadeira, cansada e angustiada. João observava as fotografias nos porta-retratos, pensativo.

— Às vezes até eu penso que a menina tá viva, e que o miserave do Camilo anda *engabelando* a gente, viu — suspirou Zeli.

Parecendo não tê-la ouvido, o motorista falou.

— Escuta, o tal Camilo não tinha um irmão parecido com ele?

— Igual. Era irmão gêmeo, acho.

— E cadê ele?

— Não vejo o peste desde antes do desastre. Ouvi dizer que tava morando em São Paulo. Por quê?

— É que na oficina do Ademir tem um ajudante novo, na borracharia, que é bem parecido com o marido da dona Marta.

— Bom, o Camilo não é. O *intisiquento* não é de trabalhar, não.

— Por isso mesmo, não podia ser o irmão?

— E tu achas que o *desinfeliz* ia vir de São Paulo pra trabalhar numa oficina, criatura?

— Então, o que tu me dizes disso tudo?

Zeli ficou puxando o lábio inferior, pensando naquilo. Depois, num gesto negligente, e dando mostra de querer voltar aos seus afazeres, rezingou:

— Não digo nada, João, tenho mais o que fazer. Agora não me *intica* e vai cuidar da vida.

João saiu para a garagem. Zeli deu uma conferida na arrumação da sala. Uma ruga em sua testa denunciou nova preocupação.

"Cada uma!", pensou. "Onde foi parar aquele retrato da menina, que ficava ali com os outros? Era o mais bonito, com ela usando o vestido cor-de-rosa. Tadinha! O mesmo vestido que tava usando no dia do acidente..."

Sem resposta para suas dúvidas seguiu para a cozinha, forçando-se a pensar no que faria para o jantar.

A casa de Ciro e Teresa, numa rua tranquila entre Santo Antônio e Sambaqui, era clara e ampla. Na sala, um grande relógio bateu as seis horas. Os donos da casa, mais Jorge e Raul, olharam para o mostrador, refletindo nos rostos a preocupação.

— E agora, o que vamos fazer? — falou o pai de Bernardo, quebrando o silêncio. — Já rodamos por lá meia dúzia de vezes, e nada. Eles podem estar em qualquer lugar da ilha, a essa altura...

— Chamar a polícia não adianta — comentou Ciro —, se ainda não faz vinte e quatro horas do desaparecimento.

Raul levantou-se e andou pela sala, parecendo fera enjaulada.

— E nem acho que seja caso de polícia. Mas, pelo amor de Deus, Jorge, por que eles iriam sumir dessa forma? Eu não proibi a Maya de namorar o seu filho.

— Muito menos eu proibiria o Bernardo! Ele é muito namorador, mas nunca aprontou nada parecido.

Teresa, sentada num canto, relembrava tudo o que acontecera, tentando encontrar uma explicação. Ia dizer algo quando o telefone tocou. Com o coração aos pulos, ela atendeu. A voz de Madalene se ouviu na sala.

— Teresa? Me deixa falar com o Raul, por favor.

O marido pegou o fone, apressado.

— E então, alguma notícia deles? — ele perguntou.

— Não, e aí?

— Nada.

— Raul, preste atenção — a mãe continuou. — Acho que tenho uma pista. Fui olhar no diário da Maya... Afinal, é uma emergência. Ela escreveu muita coisa sobre uma casa velha, que está para alugar, perto da igreja de Santo Antônio: duas ou três ruas pra trás.
— Mas o que aquela menina ia querer com uma casa?!
— Ela toca no assunto de maneira vaga... Diz que viu um vestido pendurado no varal, e concluiu que tem gente morando lá clandestinamente.
— E o que diabos ela tem com isso?! — berrou Raul, cada vez mais confuso.
— Não sei, não li o diário inteiro. De qualquer forma, a referência é boa. Ela e o rapaz podem estar na tal casa...
— Tudo bem, vamos até lá.
— Outra coisa; a turminha deles, daqui do *camping*, está voltando de Ingleses. Vou ver se a Carmen e a Toni sabem de algo, e se for o caso eu ligo.
— Pode ligar. Acho que a Teresa vai ficar aqui. Até mais, Madalene.
Raul desligou o telefone e contou aos outros o que sua mulher dissera. Teresa concordou em montar guarda ali. Os três homens trataram de partir, de volta para Santo Antônio, agora à procura da casa.

No *camping*, Madalene agradeceu ao rapaz da portaria pelo uso do telefone. Viu as filhas e os outros descerem do carro de Rafa, no estacionamento. Esperou que eles se aproximassem. E, enquanto esperava, abriu o diário de Maya e releu uma página.

"*A casa devia estar vazia, mas tem gente morando lá. O estranho é que eu vi um vestido de criança, da mesma cor do botão que achei em Sambaqui! Sei lá, não acredito em coincidências. Minha intuição me diz que tem alguma coisa sinistra nesta história... eu vou voltar lá na casa e descobrir o que é.*"

O grupo de adolescentes chegara junto dela. A mulher fechou o caderno e foi falar com as duas filhas mais velhas.

Capítulo 17

Fuga ao pôr do sol

O sol se escondia por trás dos morros do continente, produzindo o lusco-fusco de fim de tarde. Joana brincava com uma velha boneca no chão da sala, comendo uma das goiabas que Valmir havia colhido para ela.

Alguém bateu à porta. Joana parou de mastigar, atenta. O homem surgiu em seu campo de visão e lhe fez sinal para ir à cozinha e ficar quieta. Levando a boneca, ela obedeceu. Avistou ainda Valmir a esconder-se para não ser visto pelos vãos das janelas.

Logo ouviu-se a voz de Bernardo, lá fora.

— Oi! Tem alguém aí? Eu queria uma informação!

Não era a primeira vez que batiam à porta, e eles sempre tinham de fingir não haver ninguém ali. Mas daquela vez, sem saber por que, a garotinha teve um ímpeto irresistível de fugir. Entreabriu a porta que ligava a cozinha ao quintal, e recuou, rápida.

Uma moça estava lá, a mão na maçaneta, como quem ia entrar.

As duas pararam por um instante, olhando-se, espantadas.

Maya tentou recuperar o sangue-frio. Era mesmo a menina do retrato. Perguntou, rapidamente:

— Você se chama Joana?

A menina fez que sim com a cabeça.

— Seu avô é o seu Mendes? Que mora em Sambaqui?

Joana sobressaltou-se. Fechou a porta às suas costas e disse, quase chorando:

— Você conhece o meu vô?

A voz de Bernardo continuava soando, mais alta.

— Ó de casa! Se tiver alguém aí, podia me atender? Eu tou interessado em alugar a casa, queria saber do aluguel...

— Joana — Maya falou em voz baixa —, eu conheço seu avô, sim.

— Então me leva pra casa dele, moça! Eu não quero mais ficar presa aqui.

Emocionada, Maya estendeu-lhe os braços, somente então dando-se conta de que ela usava o mesmo vestido grená, agora bem apertado. E que um dos botões estava faltando...

— Vamos embora, senão o Valmir pega a gente — a menina falou.

Sentindo a velha torção no estômago, que não sabia se era de alegria ou medo, Maya tomou Joana pela mão e atravessou o quintal, tendo o cuidado de manter-se longe do campo de visão das janelas da casa. Correu para o outro lado da rua e só parou quando estava na esquina combinada, já próxima à praia. Então soltou um assobio.

"Vem logo, Bernardo!", pensou, rezando para que ele a tivesse ouvido.

E, enquanto esperava, pegou na bolsa o porta-retratos que surrupiara na casa do velho. Não podia haver dúvidas: embora mais velha, era, realmente, a mesma criança!

O rapaz percebera o som de passos correndo pelo quintal, e continuara chamando. Logo que ouviu o assobio, tentou disfarçar o nervosismo. Teria Maya descoberto algo?

Em voz alta, disse apenas:

— É, parece que não tem ninguém não. Melhor ir perguntar nalguma imobiliária...

Desceu a rua calmamente, mas assim que se viu mais longe disparou a correr para o lugar do encontro marcado.

Devido à pouca iluminação da tarde que já se transformava em noite, teve dificuldade em vê-las; Maya tratou de chamá-lo. Ele a viu escondida atrás de uma grande pedra, acompanhada por uma garotinha. Recuperou um pouco o fôlego, antes de falar.

— Ela é... Será que é mesmo...?

Maya voltou-se para a menina, querendo tirar qualquer dúvida.
— Como era o nome da sua mãe, Joana?
— Marta — ela respondeu sem hesitar. — Mas minha mãe morreu. Meu pai também. O nome dele era Camilo...
— Como foi que caiu o botão do seu vestido? — quis saber Bernardo.
Viram a tristeza nos olhos da menina.
— Teve um desastre... o carro da minha mãe bateu e caiu do barranco. Eu lembro que a porta abriu, eu e o tio Carlo caímos na terra... a gente tava sentado atrás. O carro continuou caindo e batendo e pegou fogo... O tio me agarrou e carregou de lá. A gente foi parar na praia... Eu tava toda machucada, e só tinha ficado com um pé de sapato. O botão do vestido caiu na areia.
O rapaz tinha compreendido tudo.
— Ele jogou no mar, não foi? O botão e o sapato... pra destruir as evidências. E escondeu você.
Joana fez que sim com a cabeça.
Os dois jovens se olharam, parecendo ter esquecido a última briga. Maya estivera certa o tempo todo!
— E quem é aquele homem na casa? — Maya indagou. — Não é o seu tio.
— Não! Aquele é o Valmir, o amigo dele. Tio Carlo agora quer que eu chame ele de pai. Disse que meu vô morreu, mas eu não acredito. Eles é que querem matar ele! Eu ouvi a conversa deles...
Bernardo acocorou-se e olhou bem nos olhos da pequena.
— Você tem certeza?
Ela não teve tempo de responder. Maya, agitada, cutucou o rapaz.
— Ouça! Já estão procurando por ela.
Realmente, ouviram uma voz masculina chamando o nome da garota. Joana puxou-os para a praia.
— É o Valmir! Vamo embora. Ele vive mexendo com um revólver, e me dá medo!

— Vamos sair daqui, depressa! — disse Bernardo.
E os três desandaram a correr pelas areias da praia de Santo Antônio de Lisboa.

Valmir parou de chamar. Estava trêmulo de ódio. Aquela guria! Não estava na casa. Devia ter fugido pelos fundos, quando o tal turista aparecera querendo alugar a casa.
Parou na porta que dava para o quintal, pensando. E se o gajo tivesse batido ali de propósito, só para distraí-lo? Se alguém houvesse descoberto o plano de Carlo?...
— Peste de guria! — exclamou, deixando a imobilidade e correndo para a sala da casa. — Mas eu te pego, ah, se pego!
Do fundo de uma velha sacola cheia de roupas, tirou um revólver de cano curto. Verificou se estava carregado e saiu da casa em desabalada corrida.
Correu rua abaixo até chegar diante da igreja. Ninguém familiar, a não ser o Zeca do boteco ouvindo seu rádio de pilhas. Olhou para a praia e então percebeu um grupinho correndo em direção às pedras. Estavam já bem longe, mas um dos vultos que corria usava uma roupa cor- de-rosa forte. Tinha de ser Joana! Disfarçou a arma que carregava sob a camisa e continuou naquela direção. Correu pela rua que descia da igreja, quase foi atropelado por um carro — que freou a tempo — e alcançou a praia.

Raul, no banco dianteiro do carro que Jorge dirigia, xingou o maluco que atravessara a rua sem olhar para os lados.
— E bem numa esquina, que perigo!
Ciro, no banco de trás, falou a Jorge:
— Estacione na frente do boteco. O dono é amigo meu e pode dar alguma informação.
Jorge obedeceu e logo os três deixavam o carro.
— Ô, Zeca! — saudou Ciro.
O homem, meio distraído a olhar a praia, respondeu à saudação. Desligou o radinho e ouviu a pergunta sobre a casa. Imaginando por que todo mundo ultimamente se interessava por aquela tapera caindo aos pedaços, indicou a direção a tomar.

— É aquela ali em frente, tão vendo? Mas a casa tá tão ruim que...
   Ciro o interrompeu, agradecendo a informação; os outros nem se deram a esse trabalho. Deixando o carro estacionado lá, subiram a rua apressados.
   O dono do boteco voltou a olhar a praia. O que era que estava olhando antes do Ciro chegar com aquele povo? Ah, um sujeito correndo feito louco pela areia. Podia jurar que ele estava seguindo alguém.
   Ergueu as grossas sobrancelhas e fez menção de voltar aos seus afazeres, ligando de novo o radinho de pilhas.
   — Vixe... — resmungou. — Isso vai dar naba.

   Madalene estava exausta. Conversara longamente com todos os jovens do grupo, e nenhum deles tinha a menor ideia de um motivo para o comportamento estranho de Maya e Bernardo. Somente diziam o que ela já sabia, que os dois pareciam estar namorando.
   Desanimada, voltou ao *trailer*. O diário de Maya, num canto do sofazinho, parecia chamá-la. Folheou-o nas páginas que ainda não lera, esperando encontrar mais alguma coisa reveladora.

   "Aconteceu algo muito estranho hoje. De certa maneira é relacionado ao botão grená. Um velho veio conversar comigo, e acabou dizendo que eu era parecida com a neta dele, que morreu num acidente de carro. Mostrou a foto da menina. Fico arrepiada só em lembrar: além de ela ser mesmo parecida comigo, usava um vestido grená! Acho que era igual ao que eu vi no varal da casa de Santo Antônio... O nome da menina era Joana."

   Virou mais algumas páginas.

   "Eu vi uma garota na casa vazia! Não dá pra acreditar! Posso jurar que é a mesma da fotografia na carteira do velho. Será possível?!"

   E, mais adiante:

"*Estou de castigo. Saí do carro sem dizer nada, no centro da cidade, e o pai me passou o maior sabão. Detesto quando me tratam feito criança! O pior é que ele está certo, não posso reclamar da bronca, porque eu podia ter sido roubada, sei lá. Mas também, descobri uma coisa incrível: a loja onde foi comprado o vestido da Joana. A mãe dela se chamava Marta.*"

Madalene lembrou-se do acontecimento. Seguiu várias páginas para a frente.

"*Fugi do castigo. Se o pai descobre, me mata. Mas as coisas estão acontecendo e não posso deixar de ir atrás...*"

Na folha seguinte, novos esclarecimentos:

"*O que eu não esperava é que o Bernardo me seguisse! É um idiota mesmo, metendo o nariz na minha vida. Mas, quando ele me segurou, lá em Sambaqui, senti uma coisa esquisita. Ai, meu Deus, tomara que eu não esteja gostando dele! Apesar de ter me defendido uma vez, e de ter mentido hoje pra me proteger, não posso esquecer que ele é só um desses surfistas metidos a besta, do tipo que as minhas irmãs adoram. Ele nunca ia se interessar por alguém como eu!*"

Logo depois, a letra se tornava tremida, como se Maya estivesse agitada:

"*Consegui entrar na casa do seu Mendes, em Sambaqui, e sequestrei uma fotografia da Joana! Falei para a mulher que trabalha lá que eu acreditava na hipótese da menina estar viva. Ela não foi muito com a minha cara...*"

As páginas escritas do diário estavam chegando ao fim. E o coração de Madalene ia ficando apertado. Que história incrível era aquela em que a filha se metera!

"*Contei tudo ao Bernardo. Ele tem sido legal. Acha que eu talvez esteja fantasiando muito, mas acredita na minha intuição. Tem coisa mal explicada na morte de Joana, e eu vou descobrir o que é. Aliás, vamos, já que o Bernardo me propôs sociedade. Ai, eu não posso me apaixonar por ele. Isso tudo tem de ser apenas uma investigação!"*

Na última página, Maya não narrara nada. Escrevera apenas:

"Sequestro? Extorsão? Chantagem?"

Madalene refletiu que deveria ter lido aquilo antes. Maya, desta vez, exagerara! Não se tratava apenas de rebeldia típica dos jovens, ou de uma aventura romântica adolescente. Ela podia estar mexendo com gente perigosa!

Pensava no que fazer quando ouviu Carmen chamar, afobada.

— Mãe! — berrava a garota. — Telefone pra você lá na portaria. É a Teresa.

Capítulo 18

Entre mar e pedras

— Espera, vamos parar um pouco — pediu Bernardo, quase sem voz.

Estavam correndo por um tempo que parecia eterno. Haviam chegado às pedras pipocando na pequena ponta de terra que juntava o final da praia de Santo Antônio ao início da de Sambaqui.

O sol ia se pôr em poucos minutos, e seus reflexos tornavam alaranjada a praia quase deserta.

Maya e Joana, um pouco para trás, atenderam ao pedido do rapaz e pararam. Ele fez sinal que se escondessem atrás de uma grande pedra.

— Estamos perto de Sambaqui, Bernardo — disse Maya, ofegante. — O homem tá vindo aí, não podemos parar agora.

— Ele vai alcançar a gente de qualquer jeito. A Joana não tá aguentando mais...

A garotinha apertou a mão de Maya, assustada.

— Eu só quero ir pra casa do meu vô — disse, respirando com dificuldade.

— Onde fica a tal casa? — quis saber Bernardo.

Maya começou a explicar.

— Fica em frente à praia, na última esquina antes da Ponta das Bruxas. É uma casa antiga...

Joana completou a descrição.

— Tem as beiradas pintadas de preto e um muro branco que dá pra rua.

O vento trouxe de longe um brado de Valmir.

— Joana! Volta pra casa, guria!...

Bernardo olhou por trás da pedra, calculando a distância a que estava o perseguidor.

— Muito bem, tenho uma sugestão — disse. — Vocês voltam pras ruas e cortam caminho por dentro, pra casa do seu Mendes. Eu vou despistar o cara pela praia.

— Nada disso — contestou Maya, apavorada ao pensar que aquele homem alcançasse Bernardo —, ele tá atrás da Joana. Não vai seguir você.

Bernardo começou a tirar a camiseta que usava.

— Ele tá atrás é do vestido da Joana. Se o vestido me acompanhar, ele vem atrás de mim. Logo vai estar escuro...

Rapidamente ele se apoderou de um pedaço de tronco grosso, jogado ali pela maré.

— Joana, você poderia tirar seu vestido e colocar a minha camiseta? — ele perguntou, jogando a peça de roupa para ela.

A garotinha, obediente, trocou a roupa pela camiseta. Ficava um pouco larga, mas ninguém se importou. O rapaz pôs o vestido grená à volta do tronco. Com um sorriso, disse a Maya:

— Apresento-lhe a sósia de Joana. Agora, vamos logo! Ele tá chegando perto...

— Pretende enganar o sujeito com isso? — perguntou ela, com ar descrente. — Não vai dar certo, Bernardo...

— Pode ser, mas temos de tentar. Vocês vão por esta fenda no meio das pedras e pulam pra rua, com muito cuidado. Vou chamar a atenção do homem pra mim e sair correndo pela praia. A gente se encontra na casa. Certo?

Ele ia sair do esconderijo, mas, antes que o fizesse, Maya voltou-se bruscamente, abraçou-o e beijou-o na boca. De maneira desesperada e apaixonada. Tomado de surpresa, ele quase escorregou nas pedras. Ao mesmo tempo, a voz do perseguidor soou, mais próxima ainda:

— Joana! Para aí, senão tu vais ver!

Maya não olhou mais para o atarantado Bernardo e sumiu pela fenda que ele indicara, segurando a mão da menina e mantendo-se acocorada. Um pouco tonto com a mudança repentina na atitude de Maya a seu respeito, Bernardo segurou o tronco como quem carrega uma criança ao colo, e desceu pelas pedras. Pisou na praia, espirrando água para chamar a atenção de Valmir.

Este, que já estava perigosamente próximo, não reparou nas duas fugitivas. Viu apenas um rapaz correndo a carregar o que pensou ser a menina, pela cor do vestido que podia distinguir.

Com o ódio fervendo na cabeça, ergueu o braço direito e apontou o revólver, mirando no vulto que oscilava entre a arrebentação e os rochedos.

Os últimos raios do sol brincaram no metal brilhante da arma.

Madalene atendeu ao telefone com um sorrisinho amarelo para o rapaz que tomava conta da portaria do *camping*. A voz de Teresa, aparentemente calma, expôs a situação.

— O Ciro ligou de Santo Antônio avisando que não descobriram nada na casa. Bateram, ninguém atendeu; forçaram

a porta e o lugar estava deserto, embora houvesse comida, colchões com roupa de cama e alguns brinquedos de criança.
Madalene estremeceu.
— Brinquedos de menina?
— Parece que sim. Uma boneca e outras coisas, eles disseram. Por quê?
— Teresa, chame a polícia.
— Hum?
— Terminei de ler o diário de Maya, e ela escreveu várias páginas sobre uma criança que todos julgavam morta e que aparentemente não estava. Ela desconfiava de um sequestro ou tentativa de extorsão...
A outra mulher demorou a responder, muda de espanto.
— Mas Madalene, será possível?
— E tem mais. Mande o Jorge procurar a casa do avô da tal menina.
— Você sabe onde fica?
— Em Sambaqui. Maya não diz o endereço, mas descreveu uma casa de esquina, perto da Ponta das Bruxas. O dono da casa se chama seu Mendes...
— O seu Mendes?! — a voz de Teresa soou perplexa.
— Você o conhece?
— É claro! Mas a neta dele morreu há quase dois anos! — tentou recordar-se. — Como era mesmo o nome dela?...
— Joana, segundo o diário da Maya. Minha filha acha que a menina está viva.
Teresa ficou em silêncio outra vez. Aquilo estava ficando cada vez mais estranho...
— De qualquer forma, Teresa, avise a polícia e também o tal do Mendes — insistiu Madalene. — Eu estou francamente apavorada!
— Pode deixar — foi a resposta.
Teresa desligou o telefone. Pensou em ligar para Jorge, mas teve outra ideia. Rabiscou alguns números num pedaço de papel e foi até a cozinha.
— Alaíde, tu me fazes um favor? — pediu.

— Claro, dona Teresa — prontificou-se uma moça que terminava a arrumação da cozinha.

— Este é o número do celular do Jorge, aquele nosso amigo de São Paulo. Se alguém chegar aqui ou telefonar, liga pra ele e avisa. Eu vou sair e volto logo que puder.

— Podes ficar tranquila — assegurou Alaíde.

Então Teresa voltou para a sala, pegou a bolsa e saiu.

O som do disparo foi abafado pelo ruído das ondas. A bala, atingindo uma pedra muito próxima a Bernardo, assustou-o.

Valmir errara. Mas o rapaz desequilibrou-se com o susto e caiu, ralando-se todo nas cracas e mariscos presos à base das pedras. Sentiu um baque no lado da cabeça, porém não se preocupou muito com a pancada, mais incomodado com a forte dor das arranhaduras nas costas e nos braços nus.

Olhou para trás e viu o homem, com a arma estendida, procurando mirar nele outra vez. Gemendo, verificou que sangrava nas mãos e nos ombros. E estava ainda longe de qualquer sinal de vida, fosse em Santo Antônio ou em Sambaqui.

Sem ter outra opção, agarrou-se ao tronco com o vestido grená e correu de volta para a praia. Outro tiro soou, desta vez mais próximo. Levado pelo desespero, Bernardo jogou-se no mar. As arranhaduras arderam como o diabo, e ele quase gritou com a pontada que sentiu quando a água salgada penetrou no ferimento em sua cabeça. Mas tratou de nadar como pôde, dando braçadas com o braço livre e seguindo para a água mais profunda.

Valmir finalmente atravessara a primeira leva de rochedos. Correu para a arrebentação e identificou em meio às ondas, não muito longe, uma cabeça morena e um brilho de tecido cor-de-rosa molhado.

— Tu me pagas, excomungado... — murmurou, enquanto firmava o braço e fazia pontaria pela terceira vez. Sabia que, quando se concentrava, dificilmente errava.

Capítulo 19

Surpresas e revelações

Anoitecera completamente. Na oficina, o telefone tocava sem parar há alguns minutos. Josemar, que acabara de retocar a pintura de um Fiat branco, limpou as mãos num pedaço de estopa e foi atender.

— Cadê o Ademir que não atende esse negócio? — resmungou.

Segundos depois, gritava para os lados da borracharia.

— Ô Mané! Telefone.

O falso borracheiro, com um fingido ar de displicência, veio para o escritório escondendo a preocupação. Apenas Valmir sabia de seu trabalho ali, sob aquele nome.

— Alô, Valmir? — disse, ao pegar o aparelho.

O comparsa parecia alucinado, falando de algum telefone público.

— Ô mestre, tamos danados. A guria *garrou* a praia *magi* um *rapagi* e se escafederam no rumo de Sambaqui. Eu atirei no *desinfeliz*, acho até que acertei, mas tavam na água e não deu pra ver direito. É bom tu te apurares pra lá antes que a coisa piore!

Carlo tentou fazer com que o outro parasse de falar.

— Espera aí, fica calmo, como foi que...

Mas Valmir estava nervoso demais para parar.

— Eu vou é me *carcá* pra longe daqui, não quero *magi* encrenca. Tu te viras!

E desligou.

Com um palavrão, Carlo bateu o telefone e chutou a porta do escritório de forma violenta. Ademir, que estava chegando, viu quando ele entrou no Fiat branco, deu a partida com a chave que Josemar havia deixado na ignição e saiu da oficina cantando os pneus.

— Mas o quê...

O aturdido Ademir nem pôde terminar a frase; o telefone tocou outra vez e ele correu para atender. Era João.

— Ademir? Estou ligando pra confirmar que vou levar o carro do seu Mendes na segunda.

— Ah, tá bem... — balbuciou o homem, um tanto perdido.

— Escuta, Ademir, sabes aquele teu funcionário novo da borracharia? Parece que eu conheço o sujeito. Tens certeza que ele é de confiança?...

O gerente da oficina deu um murro na mesa com tanta força que o telefone dançou.

— Ara, de confiança! — exclamou, finalmente libertando-se da perplexidade. — Aquele *devoluto* me vem pra cá, me pede um emprego, o tanso aqui dá e o *intojado* me arruma a maior dor de cabeça. Um *catinguento* que só deu *incomodação*! Chegava atrasado todo santo dia, não queria nada com nada e ainda vinha com *milonga* pra cima de mim!

João sentiu-se alarmado. Seu sexto sentido lhe dizia que havia encrenca a caminho.

— Vai com calma, Ademir! Que foi que o homem aprontou?

— Pois vou te dizer, e o diabo que carregue o *deleriado*! Me pega o Fiat branco que o Josemar tinha acabado de retocar, e sem mais nem menos me desaparece daqui! Pode um troço desses?

— Mas que coisa de louco! — concordou João. — Só mais uma coisa: alguma vez esse sujeito deu mostra de conhecer a mim, ou ao seu Mendes?

Ademir hesitou.

— Não sei... bom, no dia em que tu vieste aqui ele fez um monte de pergunta sobre o carro, isso fez. Por quê?

O outro agora parecia estar com muita pressa.

— Olha, não dá pra explicar pelo telefone. Mas era bom tu chamares a polícia. Tomara que achem o carro...

— Todo escangalhado, na certa! *Me arrombei-me* todo dando emprego pra *esse miserento*!

Desligado o telefone, João viu que Zeli o observava, da porta da cozinha.

— Que foi, homem de Deus? Parece que viste assombração.

O motorista, com poucas palavras, contou o acontecido.

— Eu bem que desconfiei daquele sujeito. E ele é a imagem viva do tal Camilo... O que é que tu achas, Zeli?

A moça, de olho na janela, conferiu a lua cheia que começava a subir no céu.

— Acho que a maré vai ser *braba* hoje.

Sem dizer mais nada, João foi até o gabinete do patrão, abriu um armário de que só ele e o velho tinham a chave e tirou de lá uma pistola *Browning* automática.

Maya e Joana, de mãos dadas, corriam pelas ruas de Sambaqui. Havia gente por ali, e a mais velha pensou em pedir a ajuda de alguém; mas o som dos tiros que o perseguidor disparara contra Bernardo ainda ribombava em seus ouvidos. De tão nervosa, ela não raciocinava direito. Só sabia que tinha de chegar logo à casa do velhinho.

Pararam, ofegantes, para atravessar uma rua mais movimentada. Joana afagou o braço dela.

— Não chora! O Valmir não vai pegar a gente agora.

Somente então Maya percebeu que as lágrimas lhe escorriam pelo rosto já há algum tempo.

— É que... o Bernardo... os tiros...

Abraçou a garotinha, tentando parar de chorar.

— Ele é teu namorado? — Joana perguntou inocentemente.

Maya suspirou, enxugando as lágrimas.

— Não. Podia ter sido, mas eu estraguei tudo. Passei o tempo todo brigando com o coitado. Se alguma coisa acontecer... ele nunca vai saber o quanto eu gosto dele!

A menina olhou para ela com imensa pena.

— Tu podes ficar sossegada, que ele não morreu. O tio Carlo diz que o Valmir é só um *gambá ferrado* e não faz nada certo...

Com a imagem de um gambá lhe surgindo na mente, Maya quase sorriu. Controlou-se e atravessou a rua com passo firme, dando a mão à menina.

— Vamos, Joana, estamos quase lá.

Um pouco mais descansadas, voltaram a correr. Estavam já bem próximas à região mais densamente habitada de Sambaqui.

Cuidadosamente, Zeli fechou a porta do quarto do patrão, que dormia profundamente. Atravessou o corredor em passos silenciosos e foi até a sala. Foi quando ouviu um carro estacionar em frente à casa.

Tratou de espiar pela janela. Viu descerem do carro Teresa e Ciro, casal amigo de seu Mendes, acompanhados por dois homens desconhecidos. E logo atrás estacionou uma viatura de polícia, de onde desceu Nilson, o filho de Célia.

— *Magi* o que deu na cabeça dessa gente vir visitar a gente quase na hora da janta?

Foi para a porta da frente e abriu-a.

Os cinco estavam na calçada em frente, todos falando ao mesmo tempo. A moça ficou a olhá-los, perplexa. Será que todo mundo por ali tinha enlouquecido?

— Zeli! — disse Nilson ao vê-la. — Lembras que outro dia me falaste naquele acidente?

— Pergunte logo se nossos filhos apareceram aqui — pressionou Raul.

— Cadê o seu Mendes, Zeli? — indagou Teresa.

— Podemos falar com ele? — acrescentou Ciro.

O celular de Jorge disparou a tocar e ele atendeu, mas aparentemente a ligação estava ruim, pois ele se pôs a gritar "alô" a plenos pulmões, como quem não escuta nada.

Completamente atordoada e irritada com a barulheira, Zeli berrou:

— Vamo parar com isso, gente! Querem falar um de cada vez?
Quando se fez silêncio, Nilson explicou.
— A dona Teresa me procurou na delegacia e disse que dois guris sumiram em Santo Antônio hoje à tarde. E que eles andavam investigando a morte da Joana, a neta do seu Mendes. Por acaso algum deles apareceu aqui? Os nomes são Bernardo e Maya.
Zeli, ainda confusa, lembrou-se da garota estranha no murinho do quintal. O nome era aquele. E ela perguntara se Joana poderia estar viva...
Ia responder quando uma freada violenta, rua acima, chamou a atenção de todos. Um Fiat branco parara próximo a duas garotas, que se espremiam contra a parede de uma casa na esquina. Pareciam apavoradas...
João saiu da garagem correndo feito louco, a pistola na mão. Tinha certeza de que aquele era o Fiat levado da oficina de Ademir, e reconhecera o homem ao volante.
— Ô Nilson! — gritou, subindo a rua. — Tou sabendo que aquele carro é roubado!
O investigador pegou também sua arma e correu atrás do segurança.
Percebendo a aproximação dos dois, e armados, Carlo manobrou o carro e rapidamente enveredou por uma das ruas que o afastaria da praia.
A um aceno de João, Nilson recuou e entrou na viatura policial. Em meio minuto saía no encalço do fugitivo.
O olhar de todos voltou-se para as meninas, ainda paradas na mesma esquina.
Zeli apoiou-se no muro para não cair.
— Minha mãe do céu! — exclamou, num fio de voz.
A menina sorriu ao vê-la, e arrastou Maya para a casa.
— É a tia Zeli! Eu me lembro dela...
Todos entraram sala adentro, seguindo a moça, que abraçava a menina com os olhos arregalados de incredulidade. Joana, viva! Correu a fechar a porta do corredor, querendo

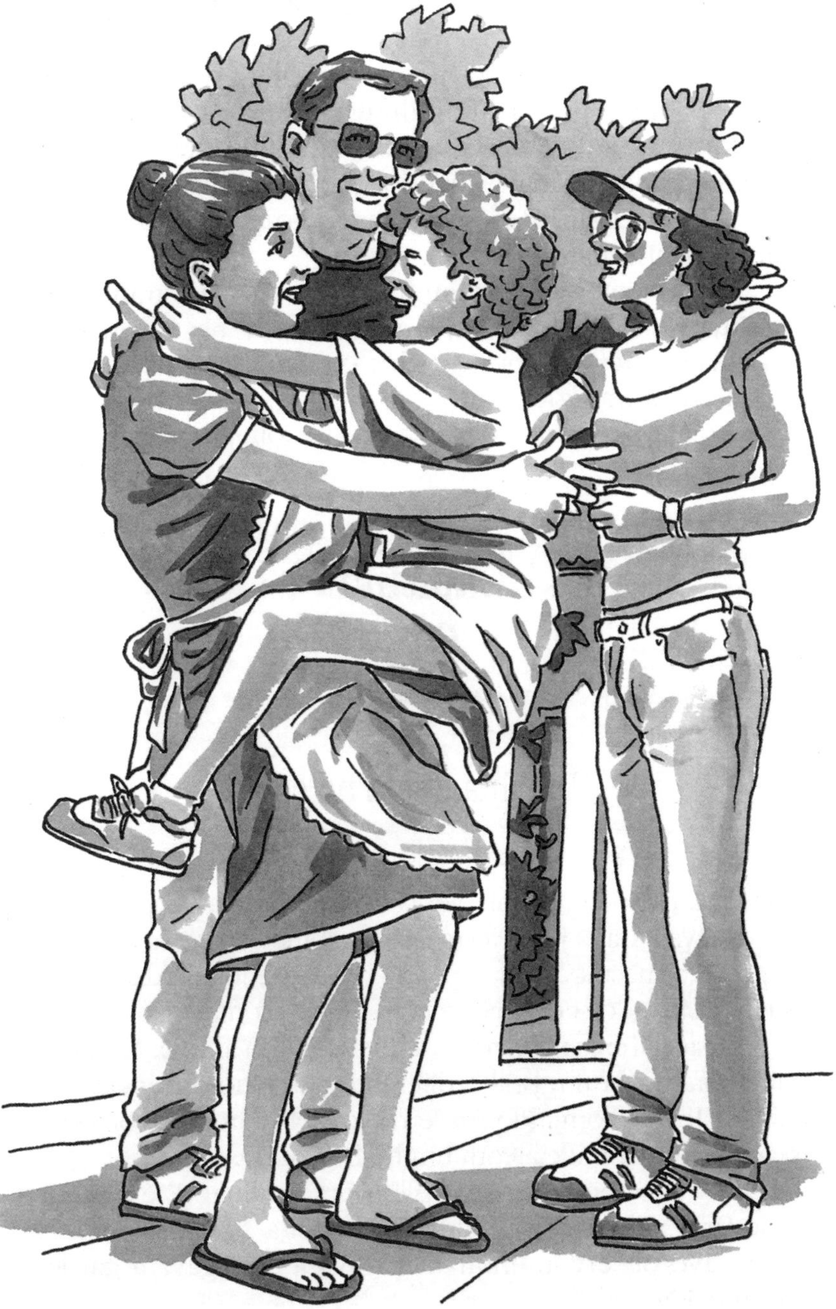

evitar que a guria irrompesse no quarto e matasse o velho do coração... Teresa enxugou uma lágrima, lembrando-se de Marta, que fora sua amiga; e os homens pularam sobre Maya.

— Minha filha! — murmurou Raul, abraçando-a com força, esquecido de todos os castigos que planejara enquanto a procuravam.

— E o Bernardo? — Jorge perguntou, quase não querendo ouvir a resposta.

Ela passeou o olhar de um para outro, assim que conseguiu se desvencilhar do pai.

— Ele não veio pra cá? Nós combinamos... ele tinha de me encontrar aqui...

E, diante de tantos olhos curiosos, rompeu em choro.

Capítulo 20

Uma lua cheia no céu

A lua, de tão branca, impedia que alguém a olhasse de frente. Maya só conseguia ver o brilho que ela projetava no mar. Estava parada junto à janela do gabinete, na casa de Sambaqui — o mesmo lugar de onde o avô de Joana, dias atrás, estivera olhando o oceano, e com a mesma melancolia.

Na sala, Teresa conversava com o velho amigo. Mendes, que agora trazia um brilho diferente nos olhos, acariciava o rosto de Joana, dormindo em seu colo. Zeli entrou no cômodo, trazendo uma bandeja com um bule e xícaras de chá.

— Vamo tomar alguma coisa pra acalmar. E é melhor eu levar a menina pro quarto. Já ajeitei a cama...

O avô observou enquanto a moça carregava a garota adormecida.

— Quase dois anos... como é que aquele safado conseguiu esconder minha princesinha de mim tanto tempo, Teresa?
— Parece que, no começo, ele só queria se fazer de salvador da menina. Depois teve a ideia de tomar o lugar do irmão e reclamar a herança, se o senhor morresse. Ouviu o que a Joana contou? Ele deve mesmo ter arrumado emprego na tal oficina pra sabotar seu carro!
Ele riu, batendo no peito.
— É, mas vaso ruim feito eu não quebra fácil... e com essa alegria que tive hoje, acho que vou viver até os cem anos!
A mulher sorriu, e depois abanou a cabeça.
— Como pode alguém fazer isso com uma criança? Manter a pobre da Joana trancada feito um animal...
— E pelo que o Nilson disse depois de interrogar o Carlo, ele andou arrastando minha neta em muito cortiço, antes de invadir aquela casa em Santo Antônio. Mas agora vai pagar pelo que fez, e com juros!
Teresa olhou o relógio. Era quase meia-noite, e não tinham ainda notícias de Jorge, Ciro e Raul, que haviam saído para procurar Bernardo seguindo as indicações de Maya.
— O Nilson falou alguma coisa sobre o tal capanga chamado Valmir?
— Só disse que talvez seja um traficante que eles conhecem de longa data. Não sei não, mas se ele atirou mesmo no rapaz... a essa altura já pode estar longe.
Zeli, que ajeitara Joana no quarto, entrou no gabinete levando uma xícara de chá para Maya. Ela continuava parada junto à janela, parecendo hipnotizada.
— Toma isso aqui, filha. Vai te fazer bem.
A garota não respondeu. Pegou a xícara e maquinalmente levou-a à boca. A moça, postando-se ao lado dela, olhou para o mar. Estava todo prateado pela luz da lua.
— Deixa de pensar bobagem. O moço tá bem.
Maya olhou-a.
— Pensei que a senhora não tivesse gostado de mim, naquele dia — disse.

— Mas agora gosto. Se não fosse por ti e pelo moço, aquele *desinfeliz* podia até se dar bem e acabar com a raça do meu patrão!

As mãos de Maya tremeram e ela derramou um pouco de chá no chão.

— Desculpe... — balbuciou.

A outra pegou a xícara antes que mais líquido entornasse.

— Não foi nada. Vai lá pra sala ficar com a dona Teresa, filha. Não demora muito e vem notícia do seu namorado. Eu sei, viu?

As duas trocaram um olhar firme. Maya lembrou-se da gravura de Cascaes que vira no museu, com as bruxas.

— Por acaso a senhora é a sétima filha de um casal que só teve mulheres? — perguntou, em outro dos seus impulsos.

Os olhos de Zeli subiram para a lua. Não respondeu, pois naquele momento a porta da frente se abria e Ciro entrava, fazendo espalhafato.

— Tudo bem, Teresa. Podemos ir pra casa...

Maya irrompeu na sala aos gritos.

— Encontraram Bernardo? Onde ele está? Os tiros acertaram nele?

— Podes sorrir, rapariga! — acalmou-a Ciro, com sua tranquilidade costumeira. — O rapaz foi encontrado na ponta da praia de Sambaqui, desmaiado na areia. Mas era só exaustão, ao que parece: não tinha nenhum ferimento de bala, só escoriações. Deve ter se machucado nos rochedos...

— E onde ele está agora? — indagou Mendes.

— No pronto-socorro do Posto, em Santo Antônio.

— Eu vou pra lá — disse Maya, indo pegar sua bolsa. Ciro impediu-a.

— Não, senhora. Teu pai pediu que dormisses lá em casa. Ele ia avisar a Madalene pelo telefone, e já ia voltar pro *camping*. Bernardo vai passar a noite no ambulatório.

— Vamos, Maya — insistiu Teresa. — Você vai ficar bem conosco.

Zeli, que escutava a conversa, riu para si mesma, tendo certeza de que a garota não iria dormir naquela noite sem falar com o rapaz.

Confirmando tal certeza, Maya teimou:

— Não, eu não vou pra lugar nenhum antes de ver o Bernardo. Se não querem me levar lá, pego um ônibus sozinha mesmo...

Ciro e Teresa se entreolharam. E, antes que decidissem o que fazer, mais um carro estacionou ruidosamente em frente à casa.

Zeli olhou pela janela, horrorizada. Mais gente! Dois rapazes, três moças e uma mulher desciam do veículo. Um deles já ia batendo palmas para chamá-los... Em vez de atender, a moça foi direto para a cozinha, resolvida a fazer mais um bule de chá de cidreira.

O próprio Mendes abriu a porta para Madalene, que entrou seguida por Carmen, Toni, Natália, Marcelo e o dono do carro, Rafael.

Enquanto a mãe e as irmãs abraçavam Maya, os outros atacavam Teresa e Ciro.

— E aí? — dizia Rafa, agitado.

— Cadê o Bernardo? — perguntou Natália.

— Calma — disse Teresa —, o Bernardo está no Posto de Saúde. Vai ficar no ambulatório esta noite.

— Fala a verdade, ele morreu! — apavorou-se Marcelo.

— Cala a boca, Marcelo! — exclamaram Carmen, Toni, Rafa, Natália e Maya.

Madalene sentou-se no sofá, rindo.

— Meu Deus, que bando de loucos parecemos! Mas eu não me importo, desde que a minha menina esteja bem.

Somente depois de alguns minutos Ciro conseguiu estancar a tagarelice geral, e explicou aos jovens o que Jorge não lhes dissera ao telefone: que Bernardo batera a cabeça e se arranhara nas pedras, mas estava bem e só passaria a noite lá por precaução.

Foi Zeli quem deu fim à confusão, trazendo seu chá calmante para todos. E o velho Mendes resolveu a situação.

— Por mais que eu goste de ter gente em casa, já está tarde demais pra isso. Por que não vão todos visitar o rapaz no Posto? Assim vão dormir mais sossegados depois...

Por alguns minutos o barulho ainda tomou conta da casa, até que Mendes se despediu de Maya com um demorado abraço, e Teresa e Rafa embarcaram todo aquele batalhão em seus carros, seguindo para Santo Antônio.

João, que estivera até há pouco na delegacia, entrou, fechou a casa e consultou Zeli com o olhar. Ela apontou para o corredor, e os dois seguiram para lá.

Na porta do quarto onde a moça deitara Joana, viram o patrão encostado, olhando a neta a dormir placidamente.

— Zeli — ele disse, baixinho —, amanhã tu me acordas bem cedo. Vou com a menina à igreja, acender uma vela pra Nossa Senhora. E depois vou no Posto ver o rapaz. Se pudesse, acendia uma vela pra ele também!

Epílogo

O burburinho de vozes chamou a atenção de Bernardo. Ele se mexeu na espreguiçadeira, com uma tremenda vontade de coçar-se sob as ataduras que lhe cobriam os ferimentos. Abriu os olhos: à sua frente, o mar exuberante da praia de Moçambique murmurava. O pai estava um pouco distante, conversando com outros campistas. Apenas algumas crianças pequenas brincavam na praia. Mas, às suas costas, a turma se aproximava.

Natália chegou perto dele com o jornal do dia nas mãos.

— Saiu outra notícia, Bernardo! — disse ela, entusiasmada. — O mais legal é o que diz aqui, olha: "a reunião de avô e neta, depois de um ano de tristezas, aconteceu graças à investigação amadora de um jovem casal de turistas, que descobriu o rapto por acaso".

— Ah!, jovem casal! — zombou Marcelo. — Gostei desse "jovem casal"!
— Cala a boca, Marcelo! — censurou Toni, que chegara a tempo de ouvir a frase.
Rafa sentou-se ao lado da espreguiçadeira do rapaz.
— E aquele detetive engraçado, como era mesmo o nome dele? — perguntou.
— Nilson — respondeu Carmen —, ele veio aqui no dia seguinte da encrenca, pedir pra Maya ir depor na delegacia.
— Esse mesmo — confirmou o rapaz. — O jornal diz que ele recebeu uma promoção. Foi coisa de cinema, gente! Ele prendeu o tal do Valmir lá no continente: o cara tava quase saindo da cidade.
— Então, meus amigos, uma salva de palmas aqui pro nosso herói! — berrou Marcelo.
Em meio aos aplausos e assobios dos jovens, Bernardo sentiu-se constrangido.
— Vocês sabem muito bem que quem descobriu tudo foi a Maya.
Carmen afagou-o, com carinho fingido.
— Ai, Bê, a gente já sabe do caso de amor de vocês!
— É — completou Toni —, e damos permissão pra namorar a nossa irmãzinha, tá?
Rafa levantou-se e limpou a areia do calção.
— Bom, gente, já é tarde e nós combinamos de ir pra Joaquina.
— Vamos nessa! — berrou Marcelo. — Você vem, Bernardo?
O rapaz fez que não com a cabeça.
— Daqui a uma hora tenho de ir ao médico tirar os pontos. Amanhã, quem sabe...
Natália fez uma careta.
— Que bela desculpa pra ficar com a namoradinha! A Maya também não quis ir.
Finalmente, depois de algumas vaias e mais comentários sarcásticos, Bernardo foi deixado a sós. Aliviado, olhou para a estradinha que dava no *camping*. Onde estaria ela?...

Não precisou esperar muito. Maya vinha vindo, carregando sua enorme sacola de praia e uma cadeira dobrável. Aproximou-se e montou acampamento ao lado dele.

— Trouxe umas coisinhas pra você — principiou a falar. E logo sacou da bolsa uma almofada, que ajeitou sob a cabeça do rapaz.

Enquanto o fazia, contemplou com um suspiro os cabelos dele, agora cortados pelos médicos para possibilitar um curativo. Na fenda que abriu, quando caíra entre as pedras, tomara quatro pontos.

— Gostei da mordomia! — ele exclamou.

— Espere, tem mais.

Da sacola, que parecia inesgotável, saíram ainda uma garrafinha de suco de laranja natural e uma revista de palavras cruzadas.

Ele sorriu, afagando a mão dela. Maya sentiu a eletricidade voltar no contato entre os dois. Mas desta vez não se afastou. Com carinho, perguntou:

— Me conta, o que doeu mais? Os arranhões ou a cabeça?

Ele lançou-lhe um sorriso malvado.

— Quer saber mesmo? O que ainda dói é aquele bofetão que você me deu atrás do oratório, quando a gente estava na tocaia.

A garota tomou um ar dissimulado, para esconder a falta de jeito. Já estava arrependida o bastante, para ainda ter de escutar recriminações. Mas Bernardo não teve dó e voltou à carga:

— Sabe... naquela manhã depois da noite que eu passei no ambulatório, seu Mendes e a Joana foram me visitar. Ela me contou tudo o que vocês conversaram durante a fuga.

Maya corou até a raiz dos cabelos.

— Tudo? — perguntou, quase sem voz.

— Tudo — ele assegurou. — Por que não admite, Maya? Nós não conversamos desde aquele dia. Com esse negócio de depoimentos e repórteres enchendo a paciência, não temos nem conseguido ficar sozinhos.

Ela permaneceu em silêncio. Bernardo aproximou-se um pouco mais.

— Olha, tudo o que eu quero é uma confissão. Se você admitir que gosta de mim, eu prometo que saro rapidinho!

A garota olhou-o com jeito indignado. Depois relaxou. Era a hora da verdade.

— Certo, confesso. Eu gosto de você. Sempre gostei. Apesar de você ser um filhinho de papai mimado e metido a gostoso. E apesar de que daqui a alguns dias, quando as férias terminarem, a gente provavelmente nunca mais vai se ver...

Bernardo riu.

— Não comece a se fazer de vítima. Eu também gosto de você — disse. — Apesar de você ser uma branquela orgulhosa, metida a sabichona e que faz as coisas sem pensar.

— O que isso quer dizer?... — ela começou a falar, mais vermelha ainda.

— Que a gente vai se ver muito lá em São Paulo porque eu não quero te perder, sua boba! Agora me dá um beijo, vai. Você tá me devendo...

Ela, porém, recomeçou a mexer na sacola de praia.

— Tem mais uma coisa que eu quero te dar, antes.

O rapaz olhou, espantado, para o objeto que ela lhe estendia. Era um caderno que ele conhecia muito bem...

— Pra que é que eu vou querer o seu diário, Maya? — ele indagou.

Ela respirou fundo, juntando coragem para falar.

— Todo esse tempo eu desconfiei de você. Te agredi sem parar. Mas, se vamos namorar, preciso superar isso... e a única maneira de mostrar minha confiança é essa. Você é a única pessoa no mundo em quem eu confio o bastante pra entregar o meu diário.

Ele quis recusar, mas percebeu que ela falava sério. Com uma pontada de culpa, achou que lhe devia uma confissão, também.

— Maya... lembra quando eu jurei que não tinha lido nem uma linha deste caderno?

— Lembro — ela disse, intrigada, pensando se ele teria mentido.

— Bom... eu não li mesmo, mas não foi por respeito, não. Eu guardei o raio do diário no *trailer* e depois me esqueci completamente dele. Se tivesse me lembrado, teria lido.

Ela o encarou, parecendo imensamente feliz.

— Então é isso. Nenhum de nós dois é santo.

— Ainda bem! — ele riu. — Se fôssemos, eu não poderia fazer isto...

Abraçou-a apertado, sem se importar com a dor nos ferimentos. E iam juntar os lábios de comum acordo, quando a garota repentinamente teve a atenção voltada para as ondas batendo na praia.

— Você viu aquilo? — ela perguntou.

E, sem esperar que ele respondesse, afastou-se e foi pegar um pequeno objeto brilhante na areia. Logo mais retornava, nos olhos uma expressão de curiosidade.

— Adivinha o que eu achei entre a areia e as conchas?

Com um suspiro, o rapaz olhou para o céu.

— Não — resmungou. — Não acredito que essa maluca vai começar tudo de novo!

Glossário de palavras e expressões ilhoas
(maneiras de falar típicas da população de ascendência açoriana da Ilha de Santa Catarina)

A

acachapado — cabisbaixo, taciturno
adeivogado — advogado
alastrando — espalhando
aprecata — prepara, ajeita
aprochegar, aprochegue — aproximar-se, aproxime-se
arrumado — preparado
arrumo o peixe — consertar, recuperar
às pamparras — com exagero, demais
assucre — açúcar
assussega — sossega, acalma
assuntá, assuntei — investigar, investiguei / perguntei
atenta, atentar — tenta, tentar / provocar
azucrina, azucrinando — perturba, perturbando / incomodando

B

bater o trinta — morrer
bateu as caçoleta — morreu
botou reparo — reparou, notou
braba — intensa, acentuada

C

carcá — acertar, bater
carcada nos óio — batida violenta nos olhos
catinguento — fedorento, malcheiroso
chimite — arma de fogo

D

dá na casca — entregar a casca, morrer
dar a letra — contar, entregar
de azeite — de namoro, de entendimento
deleriado — em delírio
desinfeliz — infeliz
destrocado — enganado, trocado
devoluto — desocupado, vagabundo
diarada — vários dias
dijaoje — desde hoje, até hoje, hoje
disgramida — amaldiçoada, desgraçada
disvareteiando — variando, delirando
dois toques — rapidamente, num instante

dotôri - doutor

E
engabelando — enganando

G
galego — loiro, claro
gambá ferrado — alguém extremamente bêbado
garrou — alcançou, tomou, deslocou-se para determinado lugar

I
incomodação —- incômodo
intica, inticando — incomoda, incomodando
intisiquento — sujeito ou coisa que incomoda, provocadora
intojado — entojado, antipático
istrovar — estorvar, atrapalhar

M
magi — mais
malinage — maldade
mazanza — pessoa preguiçosa, tola ou desastrada
me arrombei-me — me dei mal, me atrapalhei

milonga — delonga
miserento — miserável
miserave — miserável
mistero — mistério
mió — melhor

N
naba — que naba! Que droga!

O
ômbus — ônibus

P
panduli — barriga, pança
pôia — merda (palavrão)
poisá — repousar, dormir
poisé — pois é

Q
qués — queres
quizila — encrenca, briga

R
rapagi — rapaz

T
todavida — muito, sempre, em seguida

V
véio — velho

O BOTÃO GRENÁ

COLEÇÃO JABUTI AVENTURA

Editora Saraiva

LUANA VON LINSINGEN E ROSANA RIOS

Apreciando a Leitura

■ Bate-papo inicial

Se não é mentira este papo de que somente os homens têm faro de detetive e estão sempre dispostos a aventuras, é, pelo menos, meia-verdade.

Em *O botão grená*, você, leitor, vai conviver com Maya, uma adolescente muito instigante. Diferente da maioria das jovens de sua idade, não gosta de andar em grupo e, apesar de estudiosa, consegue ficar de recuperação. Além disso, tem uma vocação danada para arrumar confusão. Apaixonando-se pelo garoto mais cobiçado da turma, vai viver com Bernardo os mistérios do amor e do crime.

■ Analisando o texto

1. Neste livro, o narrador conhece as atitudes e os pensamentos de cada personagem, embora não participe dos acontecimentos.
Que nome damos a esse tipo de narrador? Justifique sua resposta com um fragmento do texto.

R.: _____

_____

_____

_____

2. A linguagem do texto é sempre a mesma ou ela varia de acordo com a situação ou com as personagens?

R.: _____

_____

_____

_____

_____

_____

_____

3. O texto apresenta um grande número de expressões regionais. Isso dificultou sua leitura? Justifique sua resposta.

R.: _____

_____

_____

_____

_____

4. Por que Zeli é considerada uma bruxa?

R.: _____

5. Você acha que o sequestro de Joana é apenas invenção literária ou casos como esse são frequentes na realidade? Justifique sua resposta.

R.: _____

6. Você acha que Maya e Bernardo agiram corretamente ao tentar desvendar, sozinhos, o caso do desaparecimento de Joana? Justifique sua resposta.

R.: _____

Linguagem

7. Se você leu atentamente *O botão grená*, percebeu que a linguagem usada pelo narrador é bastante diferente daquela usada pelas personagens. Indique algumas dessas diferenças.

R.: _____

8. Reescreva as frases abaixo, substituindo as expressões destacadas por outras retiradas do retângulo.

| o velho morre / paquera / enfatizou / com frieza / morreu |

a) "...sentada num murinho junto à praia, parecia divertida com *as investidas infrutíferas do rapaz*."

R.: _____

b) "Mas a menina *bateu as caçoleta*!"

R.: _____

c) "— Já dissе que não é da sua conta — *frisou* a garota, *glacial*."

R.: _____

d) "Mais dia, menos dia, *o véio dá na casca*."

R.: _____

Pesquisando

9. De acordo com o livro, Santa Catarina teve em seu processo de colonização uma forte presença dos açorianos. Pesquise mais sobre esse povo, procurando responder a estas perguntas:
a) Indique as ilhas que formam o arquipélago e sua localização geográfica.
b) Indique o país ao qual pertence esse arquipélago.
c) Pesquise sobre sua arquitetura e outras manifestações culturais.

10. Procure saber um pouco mais sobre o estado de Santa Catarina: produção agrícola; extrativismo mineral; processo de urbanização; turismo da região etc. Aproveite também a oportunidade para pesquisar sobre Franklin Cascaes, personagem citado várias vezes no livro.

11. Você sabe que a poluição das águas é um problema que não se restringe às praias de Santa Catarina. Consulte os arquivos da Secretaria do Meio Ambiente de sua cidade e informe-se sobre as providências que estão sendo tomadas para sanear as áreas contaminadas. Verifique também se há algum trabalho de prevenção em relação às regiões ainda não poluídas.
Faça um cartaz divulgando o resultado de sua pesquisa aos colegas.

■ Redigindo

12. Releia o fim da história e crie um novo desfecho a partir do seguinte ponto:
"Abraçou-a apertado, sem se importar com a dor nos ferimentos. Iam juntar os lábios de comum acordo, quando...".
Não se esqueça de que sua linguagem tem que estar de acordo com aquela usada pelo narrador e pelas personagens.

13. Faça como Maya e comece a escrever seu diário.
Lembre-se de que o diário é um tipo de narrativa em que se anotam os fatos importantes ocorridos durante um período da vida.

14. No Capítulo 8, o narrador descreve em um único parágrafo o centro de Florianópolis. Proceda da mesma forma em relação à sua cidade, descrevendo o que ela tem de especial.

Sugestões de leitura

DIAS, Vera. *Entre o azul e o rosa*. 4. ed. Belo Horizonte, Lê, 1997.
ALMEIDA, Lúcia Machado de. *O escaravelho do diabo*. 22. ed. São Paulo, Ática, 1998.

Para qualquer comunicação sobre a obra, escreva:
Editora Saraiva
Editorial Paradidático e de Interesse Geral
R. Henrique Schaumann, 270
CEP 05413-010 – São Paulo – SP
e-mail: paradidatico@editorasaraiva.com.br

Escola: _____

Nome: _____

_____

Ano: _____ Número: _____

As famílias Rios e von Linsingen estão ligadas por uma grande amizade. Os Rios às vezes vão a Florianópolis e hospedam-se com os von Linsingen. Estes, quando vão a São Paulo, hospedam-se com os Rios.

E aconteceu que, num dia de verão, numa das estadas dos Rios em Santa Catarina, Rosana estava sentada na praia de Sambaqui olhando o mar, quando viu um objeto na areia. Um botão. Imediatamente ela começou a imaginar de onde ele teria vindo, se sua aparição naquela praia, de onde se via a Ponta das Bruxas, não estaria envolta em mistérios... Foi para a casa da Luana, contou sobre o botão e as duas começaram a tramar uma história.

Rosana

Naquele dia nasceu *O botão grená*. À prima da Luana, Mayana, as autoras pediram emprestado o apelido Maya, o que foi consentido. O personagem Bernardo foi aparecendo aos poucos. E as paisagens e caminhos da Ilha da Magia entraram na história por obra das pesquisas da Luana – como os dados sobre Cascaes – e das lembranças da Rosana – como o *camping* no Rio Vermelho – com algumas pinceladas do imaginário, é claro. Mas o livro iria demorar ainda meses para tomar forma; os capítulos escritos pela Luana eram enviados de Floripa a Sampa, ao mesmo tempo que aqueles escritos pela Rosana tomavam o caminho inverso – a princípio pelo Correio, depois via Internet.

Luana

Luana e Rosana são autoras de literatura juvenil; na editora Saraiva, Luana também publicou *A casa de Hans Kunst*, e Rosana, *Da matéria dos sonhos, Marília, Mar e Ilha, O passado nas mãos de Sandra* e dois livros com outras parcerias: *Futuro feito à mão* e *Triângulo de fogo*.

Ambas adoram viajar, ouvir boa música, assistir a bons filmes e ler, ler, ler, ler.

Além de curtir os amigos, é claro.

Sobre o ilustrador:

Desde criança, Gizé pensava em ser artista. Seus cadernos de escola eram recheados de desenhos que fazia durante as aulas. Em mais de vinte anos de carreira, já ilustrou vários livros infantojuvenis. Com a palavra, o ilustrador: "Em matéria de desenhos e ilustrações, já fiz de tudo um pouco; só falta escrever um livro".

COLEÇÃO JABUTI

4 Ases & 1 Curinga
Adeus, escola ▼◆🗐☒
Adivinhador, O
Amazônia
Anjos do mar
Aprendendo a viver ◆✂■
Aqui dentro há um longe imenso
Artista na ponte num dia de chuva e neblina, O ✷★✤
Aventura na França
Awankana ✎☆✤
Baleias não dizem adeus ✷🕮✤○
Bilhetinhos ✪
Blog da Marina, O ✤✎
Boa de garfo e outros contos ◆✎✂✤
Borboletas na chuva
Botão grená, O ▼✎
Braçoabraço ▼🄿
Caderno de segredos ❏◎✎🕮✤○
Carrego no peito
Carta do pirata francês, A ✎
Casa de Hans Kunst, A
Cavaleiro das palavras, O ★
Cérbero, o navio do inferno 🕮☑✤
Charadas para qualquer Sherlock
Chico, Edu e o nono ano
Clube dos Leitores de Histórias Tristes ✎
Com o coração do outro lado do mundo ■
Conquista da vida, A
Contos caipiras
Da costa do ouro ▲✤○
Da matéria dos sonhos 🕮☑✤
De Paris, com amor ❏◎★🕮☒✂
De sonhar também se vive...
Debaixo da ingazeira da praça
Delicadezas do espanto ✪
Desafio nas missões
Desafios do rebelde, Os
Desprezados F. C.
Deusa da minha rua, A 🕮✤○
Dúvidas, segredos e descobertas
É tudo mentira
Enigma dos chimpanzés, O
Enquanto meu amor não vem ●✎✂
Espelho maldito ▼✎✂
Estava nascendo o dia em que conheceriam o mar

Estranho doutor Pimenta, O
Face oculta, A
Fantasmas ✤
Fantasmas da rua do Canto, Os ✎
Firme como boia ▼✤○
Florestania ✎
Furo de reportagem ❏◎◉🕮🄿✤
Futuro feito à mão
Goleiro Leleta, O ▲
Guerra das sabidas contra os atletas vagais, A ✎
Hipergame ᔓ🕮✤
História de Lalo, A ✂
Histórias do mundo que se foi ▲✎✪
Homem que não teimava, O ◎❏✪🄿○
Ilhados
Ingênuo? Nem tanto...
Jeitão da turma, O ✎○
Lelé da Cuca, detetive especial ☑✪
Lia e o sétimo ano ✎■
Liberdade virtual ✎
Lobo, lobão, lobisomem
Luana Carranca
Machado e Juca ✝▼✪☞☑✤
Mágica para cegos
Mariana e o lobo Mall 🕮✤
Márika e o oitavo ano ■
Marília, mar e ilha 🗐🐚✎
Mataram nosso zagueiro
Matéria de delicadeza ✎✎✤
Melhores dias virão
Menino e o mar, O ✎
Miguel e o sexto ano ✎
Minha querida filhinha
Mistério de Ícaro, O ✪🄿
Mistério mora ao lado, O ▼✪
Mochila, A
Motorista que contava assustadoras histórias de amor, O ▼✪🗐✤
Muito além da imaginação
Na mesma sintonia ✤■
Na trilha do mamute ■✎☞✤
Não se esqueçam da rosa ♠✤
Nos passos da dança
Oh, Coração!
Passado nas mãos de Sandra, O ▼◎✤○
Perseguição

Porta a porta ■🗐❏◎✎✂✤
Porta do meu coração, A ◆🄿
Primavera pop! ✪🕮🄿
Primeiro amor
Que tal passar um ano num país estrangeiro?
Quero ser belo ☑
Redes solidárias ◎▲❏✎🄿✤
Reportagem mortal
Riso da morte, O
romeu@julieta.com.br ❏🗐✂✤
Rua 46 ✝❏◎✂✤
Sabor de vitória 🗐✤○
Saci à solta
Sardenta ☞🕮☑✤
Savanas
Segredo de Estado ■☞
Sendo o que se é
Sete casos do detetive Xulé ■
Só entre nós – Abelardo e Heloísa 🗐■
Só não venha de calça branca
Sofia e outros contos ☺
Sol é testemunha, O
Sorveteria, A
Surpresas da vida
Táli ☺
Tanto faz
Tenemit, a flor de lótus
Tigre na caverna, O
Triângulo de fogo
Última flor de abril, A
Um anarquista no sótão
Um balão caindo perto de nós
Um dia de matar! ●
Um e-mail em vermelho
Um sopro de esperança
Um trem para outro (?) mundo ✖
Uma janela para o crime
Uma trama perfeita
Vampíria
Vera Lúcia, verdade e luz ❏◆◎✤
Vida no escuro, A
Viva a poesia viva ●❏◎✎🕮✤○
Viver melhor ❏◎✤
Vô, cadê você?
Yakima, o menino-onça 🐚ᔓ○
Zero a zero

★ Prêmio Altamente Recomendável da FNLIJ
☆ Prêmio Jabuti
✷ Prêmio "João-de-Barro" (MG)
▲ Prêmio Adolfo Aizen - UBE
🐚 Premiado na Bienal Nestlé de Literatura Brasileira
☞ Premiado na França e na Espanha
☺ Finalista do Prêmio Jabuti
✪ Recomendado pela FNLIJ
✖ Fundo Municipal de Educação - Petrópolis/RJ
✪ Fundação Luís Eduardo Magalhães
● CONAE-SP
✤ Salão Capixaba-ES

▼ Secretaria Municipal de Educação (RJ)
■ Departamento de Bibliotecas Infantojuvenis da Secretaria Municipal da Cultura de São Paulo
◆ Programa Uma Biblioteca em cada Município
❏ Programa Cantinho de Leitura (GO)
♠ Secretaria de Educação de MG/supletivo de Educação de Jovens e Adultos - Ensino Fundamental
☞ Acervo Básico da FNLIJ
→ Selecionado pela FNLIJ para a Feira de Bolonha/96
✎ Programa Nacional do Livro Didático
🕮 Programa Bibliotecas Escolares (MG)

ᔓ Programa Nacional de Salas de Leitura
🗐 Programa Cantinho de Leitura (MG)
◎ Programa de Bibliotecas das Escolas Estaduais (GO)
✝ Programa Biblioteca do Ensino Médio (PR)
✂ Secretaria Municipal de Educação de São Paulo
☒ Programa "Fome de Saber", da Faap (SP)
🄿 Secretaria de Educação e Cultura da Bahia
☑ Prefeitura de Santana do Parnaíba (SP)
○ Secretaria de Educação e Cultura de Vitória